ラストで君は「まさか！」と言う　傑作選

魔性のガーネット

PHP研究所 編

PHP
文芸文庫

○本表紙デザイン＋ロゴ＝川上成夫

ラストで君は「まさか!」と言う　傑作選

魔性のガーネット　目次

●執筆担当

ココロ直（p.46～50、77～81、103～110、130～137、174～181、199～205）
ささきあり（p.33～36、51～54、62～68、145～149、182～190、215～223）
染谷果子（p.18～23、37～45、69～76、97～102、150～155、168～173、206～214、224～229、237～244）
たかはしみか（p.24～32、89～96、111～116、124～129、163～167、230～236）
長井理佳（p.8～17、55～61、82～88、117～123、138～144、156～162、191～198、245～252）

盗《ぬす》まれた宝石

古いアパートの二階のドアの前で、琉弥《りゅうや》は軽く深呼吸をした。咳払《せきばら》いをし、ノックをして、できるだけ明るい声を作る。

「こんにちはー。荷物のお届けです」

「荷物？　出られないから、そこに置いておいてちょうだい」

部屋の奥で、老女の声が答えた。

「すみません、サインかハンコをいただかないと……」

申しわけなさそうに言うと、やや間《ま》があって、ドアがガチャッと細く開いた。

「あたしに荷物なんて、いったいどこから……」

琉弥は、すかさず隙間《すきま》に足を入れ、中にするっと入りこみ、後ろ手でドアを閉めた。

「言うことを聞けば、痛《いた》い目には遭《あ》わせない」

そう言ってポケットからナイフを出す。しかし次の瞬間《しゅんかん》、琉弥はひるんだ。痩《や》せた老女の肩に黒い影《かげ》が載《の》っていたからだ。

「何だ、カラスかよ。でっかいな」

カラスは、鋭《するど》い目でじっと琉弥を見ている。

薄い色のサングラスをかけた小柄《こがら》な老女は、知らない男がいきなり入ってきたというのに、妙《みょう》に落ち着いていた。そして、琉弥が突《つ》きつけたものにちらりと目をやって、こう言った。

「ふふ、入るところを間違えたね。ご覧の通りの貧乏暮らしで、盗《と》るものなんか何もないよ。警察には黙《だま》っといてやるから、そんなものしまってさっさと帰りな」

(偽物《にせもの》だって、勘《かん》づいてんのか？)

琉弥は動揺《どうよう》を悟《さと》られないように、余裕のある素振りでフェイクのナイフをポケットに収めた。

「いいかい、安田節子《やすだせつこ》さん。俺《おれ》は佐伯《さえき》ヨシの孫だ」

老女の顔色が変わったのが、玄関の薄暗がりでもわかった。

「そうかい……まあ、中へお入り。お茶でも淹《い》れるから」

小さな台所の先の部屋の窓からは、遠くに銭湯の煙突《えんとつ》が見えた。

古い座卓をはさんで、琉弥は安田節子という老女と向かい合った。部屋は古いが、きれいに片付けられていて、生活に使う最小限のものしか見当たらない。散らかっているものといえば、カラスのとまり木の下に転がったビー玉やガラスのかけらだけだった。カラスは、老女の肩からぴょんと飛び降りると、ビー玉をくちばしで挟《はさ》んでは落としたりして遊びはじめた。

「この子は光るものが好きでねえ」

薄気味《うすきみ》悪いカラスにビクついていた琉弥は、内心ホッとした。

「こんな遠くの小さな町まで来て、あたしの居場所《いばしょ》を探し当てるなんて、まるで探偵じゃないか」

「その通り。俺が探偵事務所で働きはじめたから、ばあちゃんは俺に頼《たの》んだんだ。あんたが盗んだ宝石を取り返してくれ、ってな」

琉弥は、一度だけその宝石を見たことがある。十二歳のとき、祖父の葬儀《そうぎ》が終わって、家族や親戚《しんせき》がしみじみと思い出を語り合っていた午後のことだ。退屈《たいくつ》して、広い祖父母の家をあちこち探検していると、いつの間に輪を抜《ぬ》け出《だ》したのか、奥の部屋で、祖母がひとりぼんやりと座っていた。

「……何してるの？　おばあちゃん」

喪服《もふく》を着たままの祖母は、いつもと違う人のようで、少し近寄《ちかよ》りがたかった。

「あら琉ちゃん、見つかっちゃったわね。いらっしゃい、いいもの見せてあげる」

祖母は、手の中の小さな黒い箱をカチッと開けた。

琉弥は息をのんだ。何面体にもカットされた深紅《しんく》の石が、窓からの光を受けてキラキラと輝いていた。さっき食べたいちご味のキャンディーくらいの大きさだ。

「ガーネットっていう宝石よ。おじいちゃんから若い時にもらってね。ずっと大事にしているの」

宝石になど興味のない小学生の少年にも、それが高価なものだということはわかった。琉弥は、しばらくその宝石に目を奪《うば》われていた。

そこへ音もなく誰かが入ってきた。住み込みの家政婦、安田節子だ。こんなに近くで安田を見たのはそれが初めてだった。無表情で、左目だけサングラスになった丸い眼鏡をかけているのも、子ども心にはすごく不気味だった。

「安田さん、部屋に入る時は声をかけるように言ったでしょう」

祖母は苛立《いらだ》たしそうにガーネットの箱を閉め、引き出しにしまった。

「申しわけありません。お茶を淹れましたもので」

安田は、テーブルに湯のみを置くと、部屋を出ていった。

それからしばらくして、騒ぎが持ち上がった。引き出しからガーネットが消え、安田節子が突然失踪《とつぜんしっそう》したのだ。安田は羽に怪我《けが》をした子ガラスを拾って、自分の部屋で飼ってかわいがっていた。そのカラスも一緒《いっしょ》に消えていたという。

のちに琉弥が母親から聞いたところによれば、事故で片目が不自由になり、働いていた飲食店を解雇《かいこ》された安田を祖母が気《き》の毒《どく》に思い、家政婦として雇《やと》ったという。その店は、祖母が亡くなった祖父と時々出かけていた中華料理屋だった。安田の、愛想《あいそ》はないが黙々《もくもく》と働く仕事ぶりを見込んでのことだったらしい。

「恩《おん》を仇《あだ》で返された。大切な思い出を盗まれた」

しばらくの間、祖母が口ぐせのようにくり返していたのを、琉弥は覚えている。祖母はしばらく泣き暮らしていたが、警察がどんなに捜しても、安田節子とガーネットの行方はとうとうわからなかった。

琉弥は、高校を出るまでは真面目に勉強していたが、パチンコにはまって借金を作った挙《あ》げ句《く》、二十歳で親から勘当《かんどう》された。職を転々とした末、遊び仲間に誘《さそ》われて探偵事務所に入ったが、業界では三流以下の悪徳事務所と言われ、詐欺《さぎ》の片棒《かたぼう》を担いでいるようなもので、とても人に自慢できるような仕事ではなかった。

「琉ちゃん、相談があるの。明日の午後なら誰もいないから、来てくれるかしら」

祖母に呼び出されたのは、そんなある日のことだ。初孫ということもあって琉弥には甘く、大人になってからも時々内緒《ないしょ》で小遣いをくれた祖母は、癌《がん》で余命宣告され、住み慣れた自宅で療養《りょうよう》していた。

「どうしたの、おばあちゃん」

かわいい孫の素振りで、琉弥は祖母を訪ねた。だが、内心はまた小遣いがせびれるかも、としか考えていない。祖母は、琉弥の手をにぎってこう言った。

「安田に盗まれたガーネットを取り返したいの。取り戻《もど》してくれたら、私の遺産の一部を琉ちゃんのために残すわ。あれだけが心残りで、死ぬに死ねないのよ」

こんな相談を琉弥の両親が聞いたら、血相《けっそう》を変えて止めただろう。だが、死期が迫《せま》った祖母は、もう、冷静に物事を考えられなくなっていた。

「任せといて、おばあちゃん。ぜったいに死なないでよ！」

遺言を書いてもらうためにも、祖母が亡くなる前になんとしても見つけなければ。

悪徳探偵事務所ならではの、ありとあらゆる裏の手を使って、琉弥は安田節子の行方を探った。あのガーネットが売りに出されていないかどうかも……。

「よう、琉弥。何かうまい話か？　こっちにも回してくれよ」

仲間が興味ありげに聞いてきても、琉弥は何でもない振りをした。

（こいつらと山分けしてたまるかよ。全部オレがいただきだ）

そして、ついに安田節子の居場所を突き止めたというわけだ。遠い遠い他県の小さな町だった。名前を変え、人目につかないところで働きながら、全国を転々としていたらしい。安田節子はガーネットを手放していないと、琉弥は密《ひそ》かに確信していた。というのは、少し前にとある有名な宝石買取店に安田らしき老女が現れ、売る寸前《すんぜん》になって気が変わって持ち帰ったという情報を摑《つか》んでいたからだ。その時の査定額は、世間のガーネットの相場からしても、かなりのものだった。よほど価値のある宝石に違いない。

（ふん、ばあちゃんとの約束を知ってるのはオレだけだ。ばあちゃんが遺言を書いて死んだら、その後でガーネットは売っぱらう。最高じゃん！）

心の中でほくそ笑んでいる琉弥に、目の前の老女、安田節子は独り言のように語りはじめた。

「必死で働きながら生活していたのに、目が不自由になって仕事をクビになってね。それを佐伯の奥様に同情されて拾われて、家政婦に雇われた。確かにあたしはあの人に命を助けられたさ。でも……」

安田は、軽く咳払いして、お茶をすすった。

「家政婦として働くうちに、我慢《がまん》できなくなってきたのさ。歳は変わらないのに、この身分の違いは何だろうってね。奥様は自分では気づいていなかったかもしれないが、心の中ではあたしをばかにしてた。見下すような言い方もされたよ。悔しくて、許せなくて、この人が一番大事にしているものを盗ってやろうと思ったんだ。売っぱらって、金に換えちまおうって」

「なるほど。勝手につのらせた妬《ねた》みってわけか」

「ああ、最初はね……。でも、あの宝石は美しかった。それだけじゃない。見ていると嫌《いや》なことを全部忘れて、貧乏も世間への恨《うら》みも、みんな消えていくみたいな気がしたんだ。それで、貧乏暮らしをやっとのことで続けながら、ただずっと持っていた。時々出してはながめながらね。そう、つい二、三年前までは……」

「二、三年前までは、だって？」

「ああ、お気の毒さま。もうあの宝石は売ってしまったよ。身寄《みよ》りもないし、死ぬまで持っていたって仕方がない。火葬代《かそうだい》にでもしようと思ってねえ。今じゃ、あたしの宝物はこのカー吉《きち》だけだ。羽が不自由で空は飛べないが、どんな時も守ってくれる番犬みたいなもんさ」

くっくっくっ……。琉弥は笑い出した。

「オレを騙《だま》せると思うなよ。あんた、少し前にガーネットを売りに行って、気が変わってやめて帰って来ただろう？　調べはついてるんだからな」

「何とまあ、その辺の警官よりお粗末《そまつ》な探偵だね。どこのどなたの話だい？　そんなら好きなだけ探してお行き。どこにもありゃしないんだから」

「何だと？」

琉弥は腹を立てて、箪笥《たんす》の引き出しや押し入れなど、手当たりしだいに探し回った。だが、どこにもない。そもそも家具は最低限のものしかないから、探す場所はすぐに尽《つ》きてしまう。

「ふざけるな。どこかにあるはずだ。今すぐ言え。言わないと……」

琉弥は安田節子の胸《むな》ぐらをつかんで揺《ゆ》すぶった。

「カー吉、助けてーっ」

ギャア　ギャアー
カラスが飛びかかってきて、琉弥の頭を激《はげ》しくつついた。

「いてーっ、何しやがる！」

手を振り回すと、安田節子の顔に当たり、サングラスが外れて落ちた。

「えっ？」

左目が、真っ赤に血走っている。節子は、慌てて手で押さえようとした。だが琉弥にはわかった。それが、義眼《ぎがん》の代わりにはめこんだガーネットだということが。

「何とまあ、こんなところに隠していたとはな！　見つからないわけだ」

「渡《わた》すものか。これはあたしが墓場まで持っていくんだ」

「よこせ！　よこさないなら、俺が取り出してやる」

今や琉弥は、節子を殺してでもガーネットを奪おうとしていた。

その時だ。窓からの西日が、節子の赤い目をキラキラと照らした。すると……。

琉弥の頭を攻撃していたカラスが、ハッと向きを変え、節子の顔に襲いかかった。

「ギャーッ、何をするの。やめてーっ！」

カラスは、鋭いくちばしで節子の目からガーネットをほじくり出した。そして満足げにそのきらめきを確かめると、くわえたまま窓から大空へ飛び立った。

「飛べないんじゃなかったのかよ！」

「ひどい、ひどいじゃないか……。あんなにかわいがって来たのに……」

節子の目から、ぽたぽたと涙《なみだ》が流れ落ちた。

二人はがっくり崩《くず》れ落ちたまま、遠く消えていくカラスを見送っていた。

妖精《ようせい》の子守歌

妖精に出会ったのは、中学一年の野外活動中。

登山の途中、足を滑《すべ》らせ斜面《しゃめん》を転げ落ちたぼくの前に、人の頭ほどの大きさの、青い光の玉が現れた。その光の中に、妖精がいたんだ。トンボに似た透《す》き通《とお》った羽が、虹色《にじいろ》にキラキラしていた。体や顔は、光が散ってよく見えない。

それは、倒れて動けないぼくのまわりをふわふわ飛んだ。光が体に触れると、痛《いた》みが引いた。それから、うすいガラスが砕《くだ》けるような澄《す》んだ声で歌いはじめた。なんてきれいな声だろう。言葉はわからないけれど、優しい子守歌だ。ぼくは安心し、眠《ねむ》った。

目覚めたら病院のベッドの上だった。山で転げ落ちた時には痛みで動くこともできなかったのに、なぜかケガはなかった。不思議な青い光がぼくの居場所《いばしょ》を教えてくれたからすぐに助けられたのだと、先生たちから聞いた。ぼくはその日のうちに退院できた。

その夜。自分の部屋の窓を開け、山の方向を見つめた。祈《いの》るように、ささやいた。

「助けてくれて、ありがとう」

妖精の話はだれにもしなかった。ぼくひとりの胸《むね》に大切にしまっておきたかったから。

「また、きみの子守歌を聞くことができますように」

すると、聞こえてきた。うすいガラスが砕けるような澄んだ声が。窓から身を乗り出し探したけれど、青い光は見当たらない。けれどあの妖精の子守歌にまちがいない。ぼくは、うっとり、幸せに包まれた。

それから毎夜、妖精は姿を見せないまま、子守歌を歌ってくれた。

そんなある日。ぼくは自転車で坂道を下っていた。スピードがぐんぐん出る。気持ちいい。このまま坂の下まで行くぜ、とペダルから足を離《はな》した時、左の脇道《わきみち》から車が飛び出してきた。ぶつかるっ。その時、青く光る風が吹《ふ》きつけた。ぼくの体は自転車から引きはがされ、吹き上げられ、車を越え、歩道を歩いていたおじさんにナイスキャッチされた。おじさんは尻《しり》もちをついて痛そうだったし、車にぶつかった自転車は歪《ゆが》んでしまったけれど、ぼくはまったくの無傷《むきず》だった。

ぼくを吹き上げた風の、青い光は、妖精と初めて会った時に見たのと同じものだった。妖精が守ってくれたにちがいない。

その夜、今までまったくわからなかった子守歌の一部が、聞き取れた。

「ふゆ＊＊＊＊くさのように。ア＊＊＊＊チ＊＊＊に。＊＊ぬしをまもる。＊＊＊まで」

ほら、やっぱり妖精が守ってくれたんだ。

だから給食で、スプーンを持とうとして青い火花が散った時、ぼくはすぐにスプーンを置いた。ごはんを食べ終え、あとはデザートのババロアだけ、という時だった。ババロアは大好きだけれど、我慢《がまん》しよう。妖精がダメだと教えてくれているのだから。

みんなはおいしそうに食べている。どうしよう、教えてあげたほうがいいのかな。でもなんて？　妖精のことは内緒《ないしょ》だし、言えばバカにされるだろうし。迷っていたら、隣《となり》の席のアッシが、声をかけてきた。

「恭平《きょうへい》、デザート、食べねーの？」

「あ、うん。おなかいっぱい、かなって」

「じゃ、食べてやる。いただき」

ぼくのトレイから、ババロアを取っていった。

その日、帰宅後に担任の先生から、具合が悪くないかと電話があった。生徒が大勢、おなかを壊《こわ》したみたいで、給食が原因の食中毒《しょくちゅうどく》が疑われるって。やっぱり。もちろん、ぼくは、なんともなかった。

ぼくの分までデザートを食べたアッシはクラスで一番重症で、二日間、学校を欠席した。三日目、登校するなり、ぼくをにらんだ。

「おい恭平、おまえ、あのデザートが変だって知ってたんじゃねーの？　だから食わなかったんだろ？」

答えられないでいたら、アッシはぼくの肩《かた》をこぶしで突《つ》こうとした。

「答えろよ、あっ」

こぶしがぼくに触れる直前、青い火花が散ったんだ。呆然《ぼうぜん》とするアッシの目の中にも、青い火花が見える。

「あ……。ごめん、忘れて。おれも忘れるわ」

アッシは、妙《みょう》に間延《まの》びした声で言って、ストンと席についた。そのあとも、何も言ってこなかった。また、妖精が助けてくれた。

ぼくは妖精に愛されている。

妖精に守られ十か月が過《す》ぎたころ、子守歌がぜんぶ、聞き取れるようになった。

「ふゆむしなつくさのように。アゲハヒメバチのように。やどぬしをまもる。そのひまで」

〈ふゆむしなつくさ〉〈アゲハヒメバチ〉って、なんだ？　調べてみた。

〈ふゆむしなつくさ〉――冬虫夏草。キノコの一種。生きた幼虫《ようちゅう》に寄生《きせい》し体内の養分をどんどん吸収、菌糸《きんし》という糸状の細胞を体内に伸《の》ばし、時期が来ると幼虫の頭部や関節から子実体《しじつたい》（キノコ）を伸ばして地上へと成長。

〈アゲハヒメバチ〉――寄生バチの一種。メスは、アゲハ蝶《ちょう》などの幼虫に卵を産みつける。卵は、アゲハの幼虫の体内で孵化《ふか》し、そのまま体内で成長。アゲハの幼虫がさなぎになってしばらくすると、その背面に穴を開けて羽化《うか》する。

つまり、冬虫夏草もアゲハヒメバチも、宿主の中で育って宿主《やどぬし》の体から生まれる、寄生生物ってことか。

ぼくは、この十か月、妖精に守られてきた。子守歌を歌ってもらった。

――冬虫夏草のように。アゲハヒメバチのように。宿主を守る。その日まで。

まさか……。

ううん、ありえない。青い光も、うすいガラスを砕くような声も、美しかった。

子守歌は、限りなく優しかった。あれが寄生生物だなんて、ぼくにひどいことをする邪悪《じゃあく》な生き物だなんて……。

そんなふうに疑うのは、ぼくを愛してくれている妖精に対する裏切りだ。

だけど……。

そういえば、この十か月、身長が一ミリも伸びなかった。友だちはみんな、ぐんと背が伸びたのにって、気になっていた。食欲はあった。むしろ、食べても食べても、食べたりないくらい。けれど、体は大きくならなかった。

活動的だからそっちにエネルギーが使われているんだろう、健康だから心配ないよ、今に身長も伸びるよって、親も先生も言ってたけれど。

何かが育つ時って、エネルギーをたくさん必要とする？

ぼくは自分の体を見る。腕《うで》も足も細い。おなかは、そうでもない。

子守歌が聞こえる。聞きなれた歌詞が、今夜は少しちがっている。

「冬虫夏草のように。アゲハヒメバチのように。食って食って　食い破って、出ておいで。私のかわいいコ」

子守歌に応えてぼくのおなかが、大きく動く。

猫《ねこ》の手

最悪だ……と、マロンは思った。

クリスマスイブの朝のできごとだった。

マロンの飼い主であるララのところに、子犬がやってきたのだ。子犬といっても、すでにマロンの大きさをゆうに超えている。これから、ますます大きくなるにちがいない。

マロンは全身全霊《ぜんしんぜんれい》をもって抗議《こうぎ》の意思を表明した。背中の毛を逆立て、フーッフーッと言いながら、子犬を飼うことに猛烈《もうれつ》に反対した。当の子犬は、なつっこい笑顔を浮《う》かべて、しきりに尻尾《しっぽ》を振っている。

「もう、マロン！　やめなさい。こんな小さい子相手に、みっともないわ」

ララはマロンに冷たく言い放つと、子犬の頭や背中を優しくなではじめた。

「よかったわね、ララ。犬を飼うのは、あなたの夢だったものね」

ララの母が言うと、父も子犬とじゃれるかわいい娘《むすめ》の姿に目を細めた。

「一日早いけど、パパとママからのクリスマスプレゼントだ。ちゃんと面倒《めんどう》を見るんだよ」

「はいっ！　パパ、ママ、ありがとう」

マロンは、かつて野良猫《のらねこ》だった。何日も何も食べていなくてふらついていた時、ララに出会った。人に飼われるなんて、まっぴらごめんだったけど、差し出されたララの手に抵抗《ていこう》する力すら残っていなかった。

気がつくとララの家にいた。背中のもようが渋皮《しぶかわ》のついたままの栗《くり》のようだと言って、ララは猫をマロンと呼びはじめた。

兄弟もおらず、父母も仕事で忙しいために、ララはいつもひとりぼっちだった。時々、マロンの背中に顔をこすりつけて、こう言うのだった。

「マロン、ずっとここにいて。お願い」

ずっとひとりぼっちだったマロンには、ララのさみしさが痛《いた》いほど伝わってきた。すきを見て出ていくつもりだったけど、マロンはなかなかララのそばを離《はな》れることができなかった。

野良猫を飼うことに、ララの父母は反対していたが、ララはあきらめなかった。そして、ついにマロンは家族の一員として、認められることになったのだ。今から二年ほど前のできごとだ。

それなのに、それなのに……。

マロンは、すでに自分がお役御免《やくごめん》の立場にいることをさとった。そして、ララの家を出ることを決意したのである。

久々に外の世界へ出たマロンは、にぎやかな街の様子におどろいた。

路地を抜《ぬ》け、大きな通りまで来ると、車がひっきりなしに走っている。向こう側へ渡《わた》りたいが、飼い猫になってすっかりなまっている足じゃ、渡りきる前にひかれてしまうかもしれない。

ためらっていると、散歩中の大きな犬がマロンに向かって激《はげ》しくほえ出した。

マロンはあわてて、近くに止まっていた車の荷台に飛び乗り、犬が去るのを待った。ところが次の瞬間《しゅんかん》、荷台の扉《とびら》が閉《と》じられ、車が発車してしまったのである。

マロンはあせった。声をあげてみたが、荷台と運転席はへだてられているらしく、どんなに鳴いても、運転手には気づいてもらえなかった。

しかたがない。抜け出せるチャンスが来るまで、ここでじっとしていよう。

マロンは暗い荷台の中で、小さく丸くなった。

どれくらいの時間がたっただろうか。車は休むことなく走り続け、街から遠く離れたところで止まった。

運転手が扉を開け、荷台から何かを持ち出していったが、物かげで丸くなっていたマロンの姿には気づかなかったようだ。

マロンは、開いた扉の隙間《すきま》からあたりの様子をうかがった。運転手はだれかと話し込んでいる。

今だ！　マロンは扉の隙間からすり抜けるようにして飛び降りると、ひとけのなさそうな森のほうへ走っていった。

森は、思ったよりも深かった。マロンはだんだん不安になってきた。森で暮らすのは初めてだ。今日からここで生きていけるだろうか？

見上げると、どこまでも高い木々が自分を見下ろしている。すべてを見ているけど、決して手は差しのべないよ。そう言われているような気がした。

重なり合う葉の隙間から細い日差しが届いている。うす暗いが、まだ日暮れ前らしい。マロンはあてもなく歩き出した。

しばらく行くと、小さな家を見つけた。こんなところに家が？　と不思議だったが、中から鼻歌と物音が聞こえてくる。マロンは家のまわりを注意深く観察しはじめた。

家の前には大きなそりが置いてあり、その荷台には荷物でぱんぱんに膨《ふく》らんだ大きな袋《ふくろ》がひとつ、積んであった。また、家のそばには鼻の赤いトナカイがうろうろしている。物干《ものほ》しざおには、白いファーでふちどられた赤い服や三角の帽子《ぼうし》がかけてあった。

この風景、ララの絵本で見たことがある。そうか、ここはサンタクロースの家なんだ！

トナカイはまだ、そりにはつながれていなかった。すでに日が暮れてきたが、子どもたちにプレゼントを配りにいくまでには、まだ時間があるということだろう。

森の空気はだいぶ冷えていた。思わず身震《みぶる》いしたマロンは、そりの荷台の袋の中から、なんとも言えない、いいにおいがただよっていることに気がついた。

いけないとは思いつつ、空腹だったマロンはにおいに誘《さそ》われるようにして、袋の中へ入っていった。するとそこには、サンタのお弁当なのだろうか、ローストチキンを挟《はさ》んだサンドイッチの包みが入っていたのである。

パンからはみ出している切れ端《きはし》だけなら……。そう思って、チキンを口にしたマロンは、そのおいしさについ夢中《むちゅう》になった。そして、もう少し、もう少しと食べているうちに、とうとうぜんぶ食べつくしてしまったのだ。そのうえ、おなかがいっぱいになると、うとうとと眠《ねむ》り込《こ》んでしまった。

目が覚めて、しまった！　と思った時には、もう遅かった。

すでにそりはトナカイにひかれ、シャンシャンという鈴《すず》の音を響《ひび》かせながら、空の上を滑《すべ》るように走っていたのだ。

マロンはしかたなく、袋の中に身をひそめていることにした。

「えっと、次は……」

サンタクロースの手には、この街の子どもたちひとりひとりの欲しいものが書かれたノートがあった。それを見ながら、袋の中のプレゼントを取り出していくのだ。

しかし、年老いたサンタクロースは視力がおとろえているうえに、最新のおもちゃがどんなものなのかも、よくわかっていないようだ。

「うーむ、この子のプレゼントは、どれだ？　これか？　それともこっちか？」

袋の片隅《かたすみ》でじっとしていようと思っていたマロンだったが、だんだん心配になってきた。サンタクロースがこの調子では、今夜中にプレゼントを配り終えることができないのではないか。

そんなことになったら、プレゼントを楽しみに待っている子どもたちが、どんなに悲しい朝を迎えることだろう。

「次は……マジカルステッキ？」

それは、ララも持っているおもちゃだった。短いつえの形をしていて、持ち手の部分にプラスチック製の石をはめ込《こ》むと、キラキラと光ってメロディーが流れるというおもちゃだ。アニメの中に登場する道具を再現したもので、女の子の間で人気らしい。

マロンは袋の中からマジカルステッキを見つけ出すと、サンタクロースが取り出しやすいよう、袋の口のほうへ押してやった。

「おお、これか」

こうして、マジカルステッキは、町外れに住む幼《おさな》い女の子の家へ無事に届けられたが、サンタクロースは次のプレゼントを取り出すのにも手間取っている。結局、次のプレゼントも、その次のプレゼントも、マロンが探しては袋の口に近づけてあげた。

「いやあ、今年はなんだかプレゼントが取り出しやすいぞ。順調、順調。ほっほっほっ！」

サンタクロースは上機嫌《じょうきげん》で、プレゼントを配ってまわった。

しかし、プレゼントが少なくなってくるにつれ、マロンはだんだん不安になってきた。

ここにいることがわかったら、叱《しか》られて、寒空の下に放り出されるのではないか。

マロンはなるべく動かないようにしつつ、残りのプレゼントを探すのを手伝った。

とうとう最後のプレゼントを届け終わった。マロンは、空の袋のしわがたまっているところに、身をひそめてじっとしていた。ところが、サンタクロースは、

「さて、いよいよ最後のひとりか」

とつぶやいたのである。プレゼントを待つ子は、もうひとりいるようだ。

でも、袋の中にはもう何もないぞ。いったいどうする気なんだろう？

マロンが気をもんでいると、サンタクロースの太い腕《うで》が、袋の奥底にいるマロンのところまで伸《の》びてきた。その腕には迷いがなく、最初からマロンがそこにいることを知っていたようだった。

ついに、つまみ出されてしまう！　マロンはぎゅっと目をつぶった。

観念したマロンを、サンタクロースは優しく抱き上げ、こう言ったのだった。

「最後の子へのプレゼントは、今朝《けさ》いなくなってしまった、大事な大事な猫。おまえさんのことじゃよ。『サンタさん、何もいらないからマロンを見つけてください』となな。こんな優秀な助手、わしだってずっと一緒《いっしょ》にいてほしいところじゃが……」

マロンが目を開けると、サンタクロースが優しく微笑《ほほえ》んでいた。

マロンはぽろぽろと涙《なみだ》をこぼした。ララが、ぼくのことをサンタクロースに頼《たの》んでくれたなんて。ぼくのこと、そんなふうに思っていてくれたなんて……。

気がつくと、マロンはララの家のだんろの前にいた。

マロンがいないことに気づいて、泣きながら一日中探しまわっていたララは、すでに疲れ果てて眠っていた。

マロンはララのベッドに飛び乗ると、涙のあとが残るその頬をそっとなめ、彼女の横で丸くなって眠ったのだった。

社長の絵

ぼくは入社面接で、創業《そうぎょう》百五十年の会社を訪れた。

社員に案内されて面接会場に向かうと、廊下《ろうか》にずらりと肖像画《しょうぞうが》が掛《か》かっていた。男性もいれば、女性もいて、皆にこやかに笑っている。

「すごいですね。社長の絵ですか？」

ぼくが質問すると、社員はニヤッと笑った。

「ええ、すべて社長の絵です」

ぼくは廊下に並べられた椅子《いす》で待つように言われ、肖像画を眺《なが》めた。歴代の社長の微笑《ほほえ》みに、親しみを感じる。この安心感、さすがは百五十年も続く会社だ。

先に座っていた学生が呼ばれ、面接室に入っていった。あと四人で自分の番だと思うと、緊張してトイレに行きたくなった。

廊下を少し戻《もど》ったところにあるトイレに入ると、清掃員が鏡を拭《ふ》いていた。

清掃員はぼくを見ると、「どうぞ」と体を後ろに引いた。同時にバケツに足を引っかけ、水をこぼす。

「申しわけありません！」

あわてる清掃員の顔を見て、ぼくははっとした。肖像画にあった顔だ。

そういえば、タレントのオーディションで、事務所の社長が清掃員に扮《ふん》して応募者を秘かにチェックしていると聞いたことがある。きっと、この会社もその手を使っているんだ。

ぼくは、壁《かべ》に立てかけられていたモップを握《にぎ》った。

「手伝います！」

清掃員はおどろいた顔で、ぞうきんを持つ手を振った。

「いやいや。あなたは、入社面接に来た人でしょう？」

「まだ時間がありますから」

ぼくは床《ゆか》を拭き、トイレ奥の清掃用の流しでモップを洗った。その間、トイレを利用する人はいなかったので、ぼくは黙《だま》って作業した。

「真田《さなだ》さん、真田さーん」

廊下で、ぼくを呼ぶ声がした。

ぼくは大きな声で返事をし、「失礼します」と清掃員にあいさつをして廊下に出た。

面接室に入ると、長机の向こうに五人の面接官が座っていた。

「九段《くだん》大学の真田真宙《まひろ》です」

はきはき名乗ると、部屋の真ん中に置かれた椅子に座るよううながされた。

「失礼します」

ぼくが椅子に座ると、面接官から質問が投げられた。

「小社にはどんな印象をお持ちですか？」

ぼくは、張り切って答えた。

「さきほど廊下にある社長の肖像画を拝見《はいけん》しまして、どの方からも、安心と親しみを感じました」

「親しみを感じていただけたなら、よかった」

「はい。百五十年続く御社の歴史、社風を見た思いです」

面接官がいっせいに苦笑した。ひとりが言う。

「あの絵ですよね？」

ぼくはとまどいながら答えた。

「は、はい。社長の絵だと伺いました」

「社員は社長から、絵について聞かれたら、そう答えるよう言われております」

「え、歴代の社長の肖像画……ですよね？」

「あれは社長が趣味で描いた絵です。絵のモデルは、小社の清掃員やガードマンです」

頭が真っ白になり、ぼくはそのあと、何をしゃべったか覚えてない。

当然のことながら、その晩、ぼくは不採用の連絡を受けた。


入社面接が終了したあと、清掃員は社長室に入った。

デスクにいた秘書が、顔を上げる。

「いかがでしたか？」

「ああ、今年もいたよ。掃除《そうじ》を手伝ってくれた学生がね」

「社長が自画像も展示したのは、学生の反応を見るためなのですね」

「不思議だよねえ。社長の絵だって言うと、なぜか掃除をしてくれるんだから」

清掃員の格好をした社長が、ニヤッと笑った。

鬼《おに》は外

雫《しずく》は中学一年生。三学期になってから、学校へ行っていない。両親が仕事に出ている昼間、ひとりで家にいるのが苦しくなって、ばあちゃんに電話した。優しい声が答えた。

「お泊りしにおいで。もうすぐ節分だ。一緒《いっしょ》に『鬼《おに》は外』をしよう」

通学カバンに着替《きが》えを詰め込《つこ》んで家を出た。

電車を降りたら、冷たい空気が頰《ほお》をぴしゃりと叩《たた》いた。そこからバスで川沿《かわぞ》いの道を五十分。マンションもビルもコンビニも見当たらない。かわりに山が近くに見え、田んぼや畑が広がり、瓦屋根《かわらやね》の家がぽつぽつ。どこも庭が広い。小さいころから親に連れられ、年に一度は遊びに来ていた。川で泳いだり蛍《ほたる》を追いかけたり。でも、寒い季節に来たのも、ひとりで来たのも、今回が初めてだ。夏休みには青く澄《す》み渡《わた》っていた空が、今日はどんより灰色《はいいろ》がかって重く垂《た》れさがっている。

バス停に、ばあちゃんが立っているのを見たら、泣きそうになった。

数日は、ばあちゃんと散歩したり、料理を教わったりして過ごした。

そして、きぃんと空気の澄んだ節分の日。家中の掃除《そうじ》をしてから、山すその湧《わ》き水《みず》を汲《く》みに行った。村の人たちが、水筒《すいとう》や鍋《なべ》を手に並んでいた。ふだんは仲良くおしゃべりしているのに、今朝《けさ》は、たがいに会釈するだけ。静かだった。岩を流れ落ちてくる小さな滝《たき》のような湧き水を、ばあちゃんと雫も、水筒に入れた。

家に帰るとばあちゃんは、その水でふきんを湿《しめ》らせ、雫に渡《わた》した。

「玄関先《げんかんさき》の鬼ヒイラギの葉を拭《ふ》いておくれ。『清め』だから、ていねいにね」

鬼ヒイラギの葉は、厚みがあって固くて、まわりがギザギザしている。ギザギザが指先にあたると痛《いた》い。強く押しあてたら皮膚が切れちゃいそう。

そして夜。夕食後、ばあちゃんは、戸棚《とだな》の奥から黒い茶筒《ちゃづつ》を出し、中身をざざぁとぜんぶ、小鍋《こなべ》にあけた。真っ黒な粉だ。そこに水筒の湧き水を入れ、火にかける。

「それ、お茶っ葉なの？」

「鬼茶さ」

「おにちゃ？」

「鬼を百日間、鬼ヒイラギの葉に刺《さ》し、そのあとザルに広げてお天道様の下で百日間干《ほ》し、それから鍋でから煎《い》りして、すりこぎで粉にして、茶筒にしまっておいて、節分の夜に、こうやって山の湧き水で煮出《にだ》すのさ」

　ばあちゃんは、鍋の中身をふたつの湯飲みに分け、居間のコタツへと運んだ。なぜだか、窓を開ける。外の冷たい夜気が入り込んでくる。

「さ、お座り。熱いから、冷めてから飲むといい。あたしは先にいただくよ。ふふ、びっくりするだろうけれど、怖がることも、あわてる必要もないからね」

　ばあちゃんはお茶をこくりこくり、とふたくち飲み、ふぅっと息を吐いて、湯飲みを置いた。宙《ちゅう》を見ながら話しはじめる。

「お盆《ぼん》に、稔《みのる》一家が来てね」

　稔おじさんは、ママの兄さん。奥さんと小学生の兄妹、四人家族だ。

「嫁《よめ》が言ったのよ。『お義母《かあ》さんはこんな大きなおうちに住めてうらやましい。うちのマンションはせまくて』って。だから、こう返事したの。『引っ越してくるかい？』。そしたら、キリキリっと目を吊《つ》り上《あ》げて『同居しなかったことをまだ根にもってるんですかっ』だって。根にもちたくないから鬼茶を飲むのさ。嫌《いや》な気持ちは節分限り、鬼は外、鬼は外」

　鬼は外、と言った口が大きく開いた。と、喉《のど》の奥からにゅっと小さな手が伸《の》びて、下唇《したくちびる》に張りついた。あ、もうひとつ、手が出てきた。細い腕《うで》も二本見える。と、それは口から飛び出し、コタツの上に立った。五センチほどの……鬼だ。全身紫色《むらさきいろ》で長い手足にツノのある頭。鬼は身軽にはねて、開け放った窓から外へ出て行った。なんで、ばあちゃんの口から鬼が？　おどろいて声も出ない雫に、ばあちゃんはにっこりうなずき、湯飲みを持つ。残りをごくごくと飲み干し、また宙を見て話しはじめた。

「去年、畑泥棒《はたけどろぼう》が出てね。うちの畑だけじゃない、あちこちでやられた。野菜も花も、懸命《けんめい》に育ててやっと収穫《しゅうかく》かなというころに、手あたりしだい。夜中に車で持って行ったらしい。罰当たりなやつよ。本当に胸《むな》くそ悪いが、それも節分限り、鬼は外」

また、ばあちゃんの口から小鬼が現れた。さっきのより大きくてえんじ色。それもひょこひょこ、窓から出て行った。

ばあちゃんがふふふと笑って、雫を見た。それでやっと、雫は声を出せた。

「ば、ばあちゃん、大丈夫《だいじょうぶ》なの？　今の、鬼だよね」

「これが、この村の『鬼は外』」

「鬼、放っといていいの？　どこへ行ったの？」

「一匹めは、息子夫婦のところへ、二匹めは畑泥棒のところへ」

「どうなるの？」

「もう少ししたらわかる。さ、雫もお飲み。ちょっと大人の味だよ。最後に『鬼は外』って言うのを忘れずに」

湯飲みを持つ。黒いお茶が揺《ゆ》れる。雨の林のにおい。ヒイラギの葉のにおいも交じってる。口に含《ふく》んだ。苦い。少しザラザラしてる。目を閉《と》じ、一気に飲んだ。おなかの中でお茶がうずまく。おなかの底のよどみに泡が浮《う》き上《あ》がる。泡が割れて、言葉になって口から出た。

「同じクラスのマリちゃんに、嫌《きら》われてるの。中学校で知り合った子なんだけど……入学式の日から、あたしのことにらんで、耳元で『ブスだね』ってささやいたの」

マリちゃんは美人で頭もいい。一学期の学級委員になった。

「マリちゃんはなんでもできて、あたしを『そんなこともできないの』って叱《しか》る。テストの点数も無理やり見て、うわ、って笑う」

つらくて、隣《となり》のクラスのカケルにぐちった。小学校の卒業式で告白されて、つき合いはじめたところだったんだ。そしたらカケルが、マリちゃんとは前から塾仲間で仲良しだって。雫をいじめるなって、言ってやるって。

翌日《よくじつ》、マリちゃんは、いつもよりずっとずっときつい目で雫をにらんだ。でもそれからは、雫に近づかなくなった。と、思ったのに、二学期はじめ、マリちゃんは学級委員に雫を推薦《すいせん》した。クラスメイトにもうまく言ってあったのだろう、すぐに全員の拍手《はくしゅ》で決まってしまった。雫は二学期中、学級委員だからといろんなことを押しつけられ、でもだれも協力してくれなくて、逆に足を引っ張られて失敗して、「それでも学級委員？」って責められ続けた。つらいけれど二学期だけだと辛抱《しんぼう》していたら、二学期最後の日。カケルと帰っている時に、マリちゃんが雫の隣に並んで話しかけてきた。

――雫、学級委員の仕事が全然できていなかったから、評判悪いよ。三学期もう一度やって名誉挽回《めいよばんかい》しようよ。大丈夫《だいじょうぶ》、あたしが手伝ってあげるから――カケルに聞かせるための優しげな声と、カケルに見せるためのとびきりの笑顔で、そう言った。

「もう学校へは行けない。行ったら、今までよりもっといじめられる。でもマリちゃんのは、いじめに見えないの。悪口だってあたしにだけ聞こえるように言うんだよ」

ばあちゃんはうなずきながら、聞いてくれてる。雫は深呼吸してから言った。

「鬼は外」

おなかの底のよどみから、何かが立ち上がった。冷たい手足を雫の内側にペタペタと押しつけて、上ってくる。おなかから、胸《むね》へ、のどを押し開け、今、唇に手をかけ……口から飛び出した。コタツの上に、子ネズミくらいの大きさの、苔色《こけいろ》の鬼。やっぱり、ひょんひょんと窓から出て行った。雫は大きく息を吐いた。

「あの鬼、どうなるの？」

「これからわかるよ。あたしのところへ来る鬼もいるからね。さ、玄関《げんかん》へ迎えに行こう」

ふたりで玄関先に立った。すぐに、暗闇《くらやみ》から灰色の小鬼がやってきた。その後ろから黄土色のが、さらに赤と紫のまだらのやつ。三匹ともスズメくらいの大きさだ。ばあちゃんを取り囲み、耳障《みみざわ》りな声でキィキィとわめき出した。言葉はわからないけれど、アリに皮膚《ひふ》をかまれているような、嫌な感じ。ばあちゃんは顔色ひとつ変えず、鬼を一匹ずつ指でつまんで、鬼ヒイラギの葉に突《つ》き刺《さ》していく。昼間、雫が湧き水で清めた葉だ。三匹を突き刺し、しばらく暗闇を見ていたけれど、もう鬼はやってこなかった。

「今年は三匹だね」

「この鬼は、どこから来たの？」

「さぁねぇ。あたしへの悪口なのは、たしかだけどね」

「嫌じゃないの？」

「生きてりゃ、なにかと食いちがいはある。おたがい様さ。これで、その人の腹の中にあたしへの悪口はなくなったわけだ。腹に悪意を隠《かく》していい顔されるよりずっといい。それに鬼が来なかったら、鬼茶がつくれんだろ」

ばあちゃんは玄関の鍵を閉《し》め、伸びをした。

「あー、すっきりした」

と、笑顔でコタツに戻《もど》った。雫もコタツに足を入れる。

「稔おじさんとこへ行った鬼も、お茶になる？」

「たぶんね。稔もこの風習を知ってるし、鬼ヒイラギの鉢《はち》もある。雫のママにも結婚の時に持たせたんだけれど、必要としなかったんだろうね、枯《か》らしたんだよ」

「畑泥棒のところへ行った鬼は？」

「泥棒のところにはさぞかしたくさんの鬼が行っただろう。鬼茶の風習を知っている者なら鬼ヒイラギの葉に刺すだろうし、知らないよそ者ならば……どうなるんだろうねぇ」

翌朝《よくあさ》、散歩しながら、どの家の鬼ヒイラギにも鬼が刺さっているのを見た。村の人たちはみな、晴々とした顔であいさつし合っていた。

ばあちゃんが、鬼ヒイラギの一枝を小さな鉢植えにしてくれた。雫は大切に持ち帰り、自分の部屋の窓辺に置いた。雫のところに鬼は来なかった。

マリちゃんは入院したそうだ。変なメッセージをＳＮＳ《エスエヌエス》に残して。のぞいてみた。

――鬼が出た！　小さいけど不気味。ブジュブジュ、おできをつぶすような声。意味はわかんないけど聞いているだけで、気分が悪くなってきた。

へぇ、マリちゃんには、そんなふうに聞こえたんだ。

――だれか来ると鬼は隠れる。写真には写らない。でも本当にいるの。信じて！

うん。信じるよ。

――ブジュブジュブジュブジュ、気持ち悪い、気分悪い、だれか助けて。

助けてあげられる、けれど、ね。

雫は、鬼ヒイラギの葉をなでて、微笑《ほほえ》む。

最後のキス

これは、はるか遠い未来のお話。

ピーッ、ピーッ、というアラーム音で、女子高生のハヅキは目覚めた。

ぼんやりとした頭で、ここが自分の部屋ではないことを思い出す。

「ハヅキ、起きてるかー？」

まだはっきりしない思考の中に、とある男子の声が入《はい》り込《こ》んできた。半分閉《と》じかけていた目を開け、隣《となり》に座っている声の主を見る。彼、クラスメイトのタイガに、ハヅキは片想いしている。

「起きてるよ。タイガは？」

「しゃべってんだから起きてるに決まってんだろ」

笑い声はなかったが、微笑《ほほえ》んでいるような口調だった。満天の星の下とはいえ表情がよく見えないのが惜《お》しいとハヅキは思った。

ハヅキとタイガは、修学旅行の途中で先生やクラスメイトとはぐれてしまったのだ。

空気すら人工合成できてしまうこの時代、自然の草木や土はとてもめずらしいもので、ハヅキは『本物の土に触れよう』というこのフィールドワークを出発前から楽しみにしていた。

それが今は、見渡《みわた》す限り土ばかりで何もない丘のうえで疲れて寝転がっているなんて、皮肉な話だ。

「どーかなあ。タイガって授業中によく寝てるしさ。寝ながらしゃべるワザをあみ出してても不思議じゃないもん」

「んなわけあるか。ったく」

今度こそ、彼はハハと小さく笑った。こんな状況であっても、彼の声を聞けば、ハヅキもまた笑っていられた。

ふたりきりではぐれた当初はお互いにぎこちなかったが、今ではこんな軽口を叩《たた》けるようになっている。それくらいの時間が過ぎたのだ。

タイガは先生に反抗的な態度をとるわけではなかったが、勉強に対してはあまり熱心な生徒ではなかった。しかし明るい性格から友だちは多く、彼にあこがれている女子も自分だけではないということをハヅキは知っていた。

あれは忘れもしない一年生の秋、たまたま隣の席になったタイガが体調を崩《くず》して三日ほど学校を休んだあと、ハヅキは一生分かと思うほどの勇気を振《ふ》り絞《しぼ》って「よかったら」と声をかけ、休んだ授業分の記録チップを貸した。タイガがチップを電子ノートに読み込ませた時、授業中に書いた誕生日ケーキの落書きを見られてしまい、クスクスと笑われてしまった。タイガはまったくそのことに気がついていないだろうけど、彼が自分にだけ笑顔を見せてくれたあの瞬間《しゅんかん》がたまらなくうれしかった。

ああ、とハヅキはため息をつきかけた。こんな状況でなかったら、ここまで仲良くなったことをもっと喜べたのに。

「あー、腹減ったなあ。喉《のど》もカラカラだ」

「それ言わない約束したでしょ」

「まあいいじゃん。どうせなら助けが来るまで楽しいこと考えようぜ。なあハヅキ、助かったら何食べたい？」

実はハヅキはもう空腹感を通り越して疲れのほうが勝っていたが、どうせなら楽しいことを、という考えには賛成だった。星空を見上げて、少し考える。

「ケーキ食べたいなあ。とびっきり甘いの」

「ええ〜？　甘いやつかよぉ。俺は断然《だんぜん》ステーキだな。人工合成肉じゃなくて、天然のやつ！」

「じゃあ……助かったら、一緒《いっしょ》に食べに行く？」

ごく自然に出てきた言葉だった。デートの誘《さそ》いに聞こえたらどうしようとあせりかけたハヅキだったが、すぐに、まあいいかと思い直した。

「ああ。食いに行こうぜ。ふたりでさ」

タイガの返事は、思いのほか静かな響《ひび》きだった。

「おまえがノートに書いてた落書きのケーキみたいな、クリームのたくさんのったやつもな」

「えっ！　ちょっと、そのこと覚えてるの？」

「覚えてるさ。あれが、おまえのことを好きになったきっかけだったからな」

「……え？」

ぼんやりした頭では、言葉の意味を理解するのに時間がかかった。その沈黙《ちんもく》をどうとらえたのか、タイガは申しわけなさそうにつぶやいた。

「ごめんな、こんな時に。……忘れてくれ」

「私も！」

勢いだった。いや、今言わなければいけない、そう思ったのだ。

「私も、タイガが好きだよ。好き歴ならタイガより長いよ」

星空が、急にまぶしく感じられた。視界が開けたような気分だ。見渡す限り土色の丘しかないこの風景も、ふたりのために用意された広い舞台のように感じられた。

「だったら……なあ……ハヅキ……キス、しないか？」

息をつめたような真剣《しんけん》な声音で、タイガが言った。

ピーッ、ピーッ、というアラーム音は、まだ鳴っている。きっと彼も同じアラーム音を聞いているのだろう。

今度の言葉の意味は、すぐに理解できた。

「うん。いいよ」

タイガとなら、それもいいと思ったのだ。

アラーム音と一緒に、合成音声が流れ続けている。

『酸素濃度が低下しています。危険値へ到達《とうたつ》するまであと一分です』

はるか上空にあるのであろう故郷《ふるさと》の地球に見守られながら、ふたりは宇宙服の防《ぼう》護《ご》ヘルメットを脱《ぬ》いだ。

ああ、どうも

朝、幸太郎《こうたろう》が駅の改札を出ると、向かいから来た男性と目が合った。

あれ？　あの人、知っている気がする。でも、だれだっけ？

コピー機器の営業をしている幸太郎にとって、会った人の顔を覚えるのも仕事のうち。ちょっとした会話が、次の販売につながることもあるからだ。

男性がだれかは思い出せないが、無視するのは感じが悪く見えるだろう。

とりあえず、あいさつをしておくか。

「どうも……、おはようございます」

幸太郎が歩みを止めて会釈をすると、相手も軽く頭を下げた。

「ああ、どうも」

やっぱり、知り合いか。失礼のないよう、当たり障《さわ》りのない会話をしないと……。

「今日は、あたたかくていいですね」

幸太郎が微笑《ほほえ》むと、男性は苦笑いした。

「ええ。おとといの大雪には参りました。まさか駅が入場規制になるなんて、思いもしませんでしたよ」

二日前、大雪により早めの退社命令を出した会社が多くあったため、帰宅する人で駅はあふれかえり、入場規制がかかった。規制されたのは、都内ではこの駅とほか三駅だったはず。ということは、いつもこの駅を利用している人だろうか。

この駅が最寄《もよ》り駅の会社で、幸太郎が行ったことのある会社は数社。そのなかの社員だとしたら、だれだろう。これから電車に乗ろうとしているのだから、営業職か？

幸太郎はそれとなく、探りを入れることにした。

「外まわりは、大変ですよねぇ」

男性がうなずいた。

「そうですね、大変でしょうね」

ん？　まるでひとごとのような言い方。はずれだ、営業職じゃない。

幸太郎は内心ヒヤヒヤしながら、相づちを打った。

「え、ええ。私のような外まわりの仕事だと、交通の乱《みだ》れは困ります」

「そうでしょうね……」

男性が、遠慮《えんりょ》がちにうなずく。

営業職じゃないとすると、なんだろう。

幸太郎が次の言葉を考えていると、男性が言った。

「この前、田中《たなか》さんに会いましたよ」

た、田中さん⁉

幸太郎は顔には出さなかったものの、内心あわてた。

幸太郎が知っている田中さんは三人いる。商社受付の田中さんと、食品輸入会社の田中さん、それに通信会社の田中さんだ。

ここは流したほうがいいと判断し、幸太郎はにこやかに答えた。

「そうですか。私はしばらくお会いしていませんが、お元気でしたか？」

「ええ……」

その時、幸太郎のポケットでスマホが振動した。着信の知らせだ。

ナイスタイミング！　この気まずさからのがれられる。

幸太郎は「失礼」と会釈して、スマホを耳に当てながら壁側《かべがわ》に寄《よ》った。

男性も「では」と会釈して、改札に入る。

男性は歩きながら考えた。

あいつ、だれだろう？　窃盗犯《せっとうはん》グループのひとりに似ていると思ったが、グループのリーダー格である田中の名前を出しても動じなかった。夜勤明けで、オレの勘《かん》が鈍《にぶ》っているのかもしれないな……。

刑事《けいじ》の男性はホーム行きのエスカレーターに乗りながら、ふわああ～と、大きなあくびをした。

てぶくろ　かたっぽ

「雪が降ってきたぞ。ヤバい、急がなきゃ」

山道を、ぼくは急ぎ足で登っていた。めざすは林の中にあるコテージ群《ぐん》。その中の一棟《ひとむね》で、サークルの合宿があるのだ。バスに乗り遅れ、夕食前のミーティングにギリギリ間に合うかどうかだ。湖の近くの山はさすがに寒く、吐く息が白い。

「免許持ってないと、こういう時、つらいよなー」

ひとりでぐちを言いながら歩いていると、突然《とつぜん》、後ろから声をかけられた。

「美《うつく》し沢《ざわ》コテージに行くんなら、近道がありますよ。一緒《いっしょ》に行きませんか？」

ぼくはおどろいて跳《と》び上《あ》がった。振り返ると、ツイードのマントを羽織《はお》り、小粋《こいき》なハンチング帽《ぼう》をかぶった、四十代くらいの男性が立っていた。古着屋で買い求めたのだろうか。全身が昭和レトロな感じでまとまっている。いかにもおしゃれな紳士《しんし》という感じだ。

「やあ、びっくりさせちゃって、申し訳ない。ほら、こっちですよ」

彼が指さすほうを見ると、舗装《ほそう》された道から外れて、細い山道が上へと続いている。まわりにだれもいないと思っていたので、ぼくの心臓はまだドキドキしていた。

「ちょっと急な坂道だけど、雪も降ってきたしね」

男性は、微笑《ほほえ》んだ。丸メガネの奥の目が優しそうで、ぼくは少しホッとした。

「坂でも平気です。近道なら。ありがとうございます」

「学生さん？　合宿か何か？」

「はい。児童文学研究会、というサークルなんですが、この上に、毎年合宿している貸しコテージがあるんです」

「へえー、ぼくなんか工学部だったから、文学はからっきしでね」

その人は、先に立って山道を踏《ふ》みしめていく。うっすらと白くなりはじめた山道に、足跡《あしあと》がついていった。道案内してくれるのはうれしいけど、これぐらいの年の人と、どんな会話をすればいいのかわからない。話が途切《とぎ》れて、数分がたった。

「児童文学っていうと……。手袋《てぶくろ》が出てくる話、あったよね」

気詰《きづ》まりになってきたころだ。その人が、唐突《とうとつ》に尋《たず》ねた。

「はあ、手袋……ですか」

「いや、この前このあたりで、手袋をかたっぽ、失《な》くしたものでね」

心なしか、声が、急にトーンダウンしたように感じた。

「手袋の話なら、新美南吉《にいみなんきち》の、『手ぶくろを買いに』とか」

「ああ、それじゃなくて、外国のお話で……」

「あ、ウクライナ民話が元の『てぶくろ』ですか？　落とし物の手袋が、動物たちの家になる話」

するとと男性は、ぱっと振り返って、うれしそうにぼくを見た。

「そう、そうそう！　子どものころに読んだんだ。ぼくが失くしたのも、ああいうミトンでね。どこにいったんだろうなあ。どっかでさみしく待ってるんじゃないかなあ」

(まわりくどい表現をする人だなあ。理系にしちゃ案外、文学的感性の豊かなタイプなのかな)

「見つかるといいですね。落としたばっかりなら、どこかにあるんじゃないですか？」

「そうだといいなあ。いや、片方はこうして身につけてるんだけどね」

男性は、マントの端から右手を出して見せた。なるほど、絵本に出てきた手袋にそっくりな、厚手のスエードのミトンだ。

(かたっぽだけはめて歩いてるんだ。ますます変わった人だなあ)

すると、男性は急に立ち止まり、向こうを見たまま言った。

「ああ、このへんだ。このへんで失くしたはずなんだ。きみも、探してくれないか」

「でも……。もうだいぶ暗くなってきたし……」

急な頼《たの》みごとに、ぼくはあせった。これじゃ近道の意味がない。道も雪で白くなってきたし、急がないと危ないいんじゃないか？　だが、男性は、突然命令口調になった。

「いいから、探せ」

(えっ？)

その時だ。すぐ横の木の根元に、ころんと転がっている何かを、ぼくは見つけた。

「手袋、あった！　ほら、そこに！　……あれ？　ちがうかな？」

最近落としたにしては、妙《みょう》に古びた感じがしたのだ。だが、男性は手袋に駆《か》け寄《よ》ると、まるで古い友だちにでも再会したかのように、そこにひざまずいた。

「おお、おお。ぼくの片手。ここで待っていてくれたんだね」

「……片手？」

「さあ、はめなくちゃ。やっと見つけたんだから」

男性は、震《ふる》える右手で手袋を拾った。

「……だめだ。はまらない。はまらないじゃないか。おい、どうしたんだ。おい！」

「ど、どうしました？　ちょ、ちょっと、落ち着いてください」

「なあ、あんた、見てくれないか。この手袋の中を！」

男性が振り返った。メガネにヒビが入り、その目は血走っている。どうしたんだ？　仕立てのいいツイードのマントが泥《どろ》だらけだ。いや、こびりついているのは……血？

投げるように渡《わた》された手袋の中に、何か入っている。ぼくは、逆さにして振った。

カラン　カラン　ポトポト
古びた白いものがこぼれ落ちた。それは……。

「何これ。……ほ、骨《ほね》？」

それは、人の手の骨だった。指がバラバラになって、雪の上に、ポト、ポト……。

「うわっ、うわ――っ!!」

「頼む、はめてくれ。俺《おれ》の手に、さあ！」

男性がマントから左腕《ひだりうで》を突き出した。血だらけの袖《そで》には……手首から先がなかった。

「寒いんだ。左手が、スウスウするんだよう……」

「ギャーッ！」

手袋を放り投げ、ぼくは男性を突き飛ばした。

「行かないで。待ってくれよう」

「助けて、助けてくれーっ！」

あとのことはよく覚えていない。ただ、必死で山道を駆け上がった。

「竹下《たけした》くん、竹下くん、しっかり！」

「おい、広樹《ひろき》、目を覚ませ！」

ハッと気づくと、サークル仲間がぼくの顔をのぞき込んでいた。ぼくはいつのまにかコテージの近くまで来て、倒れていたらしい。

「手が……手が……、左手が……」

うわごとをつぶやくぼくを、ユージが揺《ゆ》さぶった。

「何言ってるんだ？　しっかりしろ！　スマホでメッセージ送っても、エラーで届かねーし、心配したんだぜ。おまえ、もうちょっとで凍《こご》え死《じ》んでたよ！」

暖《あたた》かい薪《まき》ストーブの前で、熱いコーヒーをもらい、ぼくはようやく正気を取《と》り戻《もど》した。

「もう、竹下くんってば、下手に近道なんかしようとするからだよ。でも、無事でよかったね！　ほんっと、心配したんだから！」

マナカが、呆《あき》れたように微笑んで、ぼくに一冊の絵本を手渡した。

「明日の私の発表テーマ。これでも読んでゆっくり休んで」

「うわーっ、てぶくろ……！　やめてくれーッ」

コテージ内が、再び騒然《そうぜん》となったのは、言うまでもない。

　合宿が終わるころ、ぼくらはコテージの管理人から、あの山道でずいぶん昔に起きた交通事故の話を聞いた。雪が降ったある日、スリップしたトラックにひかれて、ひとりの男性が亡くなったそうだ。遺体は損傷が激《はげ》しく、分厚いミトンをはめたその人の左手だけが、どうしても見つからなかったという。

「冬になると、たまーに出るらしいのよ。幸い、あたしは会ったことないけどね」

　管理人のおばちゃんは、両手をすり合わせて、ぶるっと首をすくめた。

拝啓《はいけい》　わたし

「そろそろ、移動するよー」

　タイムキーパー係の私は腕時計を見て、三班の五人に声をかけた。

　古い建築を集めたテーマパークをめぐるグループ学習は、中学二年の三学期に行われる。班ごとに選んだ建物を五つめぐり、写真を撮《と》って建物ができた歴史を調べ、後日、学校で新聞にして発表するのだ。

　人力車のコーナーで、男子の笑い声があがった。

　私はつかつかと近づいて、奏多《かなた》たち男子三人をにらみつける。

「ほら、行くよ。一時半までに次のチェックポイントに着かないといけないんだから」

「えー、もう？」

　奏多が口を尖《とが》らす。

「牛じゃないんだから、モウモウ言わないっ」

「ブーブー」

あははっと、班長の由佳《ゆか》が笑った。

「でた、麻衣《まい》と奏多の夫婦漫才《めおとまんざい》」

私と奏多は同じバドミントン部で、一年生のころから、何かとツッコミ合ってきた。

「夫婦じゃないって」

私の横で、奏多がうなずく。

「そうだよ。コンビと言ってよ」

「コンビでもない！」

私は強い口調で否定して、顔がにやけそうになるのをごまかす。

心の中では（きゃあ、コンビだって♡）と、はしゃいでいた。

私は、ずっと前から奏多が好きだった。

だけど、好きだと知られたら、今のような関係ではいられなくなる。気軽に話して、笑い合えるこの関係をなくしたくない。

私はふうっと、小さく息を吐いて気持ちを切りかえた。

「次、行くよー」

最後のチェックポイントは、明治時代にできた郵便局。

ここには「十年レター」という、預かった手紙を十年後に配達するサービスがある。

このサービスを利用して、十年後の自分に向けて手紙を書くという課題が出ていた。

私は窓口で「十年レター」のセットを買い、局内のテーブルに向かった。大きなテーブルに、三班の男子と女子が分かれて座っている。

私は由佳の隣《となり》に座って、便せんを広げた。

十年後、私は二十四歳になっている。就職しているのかな。なんの仕事をしているんだろう？　カレシとか、いるのかな。うーん、そんな大人に何を言えばいいんだろう。

私は由佳の手元をのぞいた。

「由佳、なんて書いた？」

「やだ、見ないでよっ」

由佳が、あわてて手紙を隠《かく》す。

「あ、ごめん」

私は急いで目を逸らした。

そうだよね。自分にあてた手紙なんて、見られたくないよね。

私はぼんやりと考えた。

人に見られるのははずかしいけど、自分が読むなら、何を書いてもはずかしくない。いや、はずかしいかもしれないけど、今の気持ちを書きとめておくのはいいかもしれない。

——拝啓、わたし。

私は今一番大事な気持ち——奏多を好きだという気持ちを、書きはじめた。

まもなく、由佳が「書けた！」と言い、他の班員も封筒《ふうとう》にのりづけをしはじめた。

テーブルの端《はし》で、奏多が立ち上がる。

「オレ、ちょっとトイレに行ってくる」

みんなは書き終わったんだ。私も早く書かなきゃ。

私は他の人に見えないよう、腕《うで》と頭で隠すようにして手紙を書いた。

「できた」

書き終えた手紙を封筒に入れて、しっかり封をする。

と、見まわりに来た先生の声が響《ひび》いた。

「富原一中《とみはらいっちゅう》のみなさん、急いでください。集合時間まであと十分ですよ！」

「やばっ」

由佳がテーブルに置いてあった封筒をかき集める。

「出してくるね」

と、窓口に行こうとしたので、私はあわてて引き止めた。

「待って。まだ住所を書いてない！」

「あ、ごめん。どれ？」

由佳がテーブルにもう一度、封筒を置いた。

私はばっと、宛名の書かれていない封筒をつかんで、住所と名前を書く。

「自分で出すね」

と言って封筒を持って窓口に向かうと、トイレに行っていた奏多が戻《もど》ってきた。

「オレの手紙は？」

「テーブルにあるよ」

「おお」

バタバタとテーブルに向かう奏多を見送り、私は窓口の前に立った。そして、神さまに願いごとをするような気持ちで、窓口に封筒を差し入れて頭を下げた。

「よろしくお願いします！」


それから十年後――。

ひとり暮らしをしている私のもとに、実家から十年レターが転送されてきた。

「わ、すごい。本当に届いた」

私はまじまじと、封筒を見た。

封筒の字、私じゃないみたい。中学の時、こんな字を書いてたんだ。手紙には、なんて書いたんだっけ？

ていねいに封筒を開けて、便せんを広げる。読みはじめて、ぎょっとした。

『十年後のオレへ。

大人になったオレに何を言ったらいいかわからないので、今の気持ちを書いておきます。

今のオレには、好きな人がいます。

いつもふざけ合っている、本条《ほんじょう》麻衣。

こんなふうに笑い合える人と会えて、よかったです』

これって……。

その時、スマートフォンが鳴った。画面に表示されているのは、知らない番号。

私はおそるおそる、スマートフォンを耳にあてた。

「もしもし？」

『あ、オレ、同じ中学だった小林《こばやし》奏多。覚えてる？』

「えっ」

『オレのところに麻衣の手紙が届いて。それで、麻衣の実家に電話して、この番号を教えてもらった』

その瞬間《しゅんかん》、私は十年レターに何を書いたか思い出した。かあっと、顔が熱くなる。

そういえば、あの時由佳が一度封筒を集めて……。そうか。私、住所を書いてなかった奏多の封筒と自分の封筒を、取りまちがえたんだ！

少し間があき、奏多が言った。

『あの、さ。よかったら、会えないかな？』

動物＊ドロップ

インコのいっちゃんが、鳥かごの中で冷たくなっていた。愛美《あいみ》のせいだって、ママに叱《しか》られた。エサと水やりを、二日間ほど忘れただけなのに。

「愛美が面倒《めんどう》見るって約束したよね？」

約束したのは去年、五年生の夏休み。六年生になったら何かと忙しいうえに、いっちゃんがなつかなくてかわいくなかったから、ついつい忘れがちになった。

「もう、ぜったい、ペットは飼いませんからね！」

ママが世話をしてくれればよかったのに。家にいると叱《しか》られるばかりだから、早めに塾へ行くことにした。家を出てすぐに、クラスメイトのりえちゃんに声をかけられた。

「愛美ちゃん、もしかして、ペットの小鳥、死んだ？」

「うん。どうしてわかったの？」

「魔法《まほう》、かな」

「りえちゃん、すごーい」

りえちゃんは妙《みょう》に疲れた顔で、ポシェットから四角い缶を取り出した。缶には〈動物＊ドロップ〉って書いてある。欲しいとも言っていないのに愛美の口へ、ドロップを一粒《ひとつぶ》、押し込んだ。

「魔法のドロップだよ。これをなめると、もう一度、そのペットに会えるよ」

ベタついて、甘ったるい。かび臭《くさ》い気もする。吐き出そうかと思ったけれど、その前に、口の中でどろりと溶《と》けた。

とたんに、背中が重くなり、右頬《みぎほお》に鋭《するど》い痛《いた》みを感じた。肩にいっちゃんがとまって、クチバシで頬を突《つ》いている。あれっ？　さっき死んでたよね？　あっ、幽霊《ゆうれい》だ。だって、体が透《す》き通《とお》ってる。じゃあ、この背中の重みは？　おそるおそる首をまわして、自分の背中を見る。やせこけた犬や、おなかから血を流した猫《ねこ》や、翼《つばさ》がねじれた鳥や、羽のないトンボや……気味の悪い動物たちが、半透明《はんとうめい》にユラユラしている。いやぁっ。

りえちゃんが、はぁーっと息を吐いた。

「よかったぁ、やっと離《はな》れてくれた」

「ど、どういうこと？」

「ごめん、魔法じゃなくて呪《のろ》いかも。はい、これ。読めばわかるから」

りえちゃんは、ドロップの缶を愛美に押しつけ、走り去った。

待って、と叫《さけ》ぼうとしたけれど、何かのしっぽに喉《のど》が締《し》めつけられて大声が出ない。体が重くて追いかけることもできない。りえちゃんの姿はすぐに見えなくなった。

やだ、やだ、どうしよう。背中をもう一度見る勇気はない。手の中の缶に目を落とす。

〈動物＊ドロップ〉……＊がもぞもぞ動いて、〈霊〉って字になった。

〈動物霊ドロップ〉⁉　さらにその下に、文字が浮《う》き出《で》てきた。

〈このドロップをなめた人間は動物霊の恨《うら》みを聞くお役目を負《お》う。別の人間にドロップをなめさせれば、お役目交替《こうたい》。ただし、動物霊のついている人間に限る〉

いっちゃんがまた、愛美の頬を突く。かん高い鳴き声まで聞こえた。

――のど、からからー　みず、よこせー。

痛い。いっちゃんをつかもうとしたけれど、愛美の手は幽霊の体を素通りして、払《はら》うこともできない。相手は愛美をつけるのに、不公平だ。

背中からも、恨めしげな声が聞こえてきた。

――いたいニャー　ひきにげニャー　うらんでやるニャー。

――すてられたワン　しんじていたのに　どうしてどうしてどうして。

知らないよ、そんなの、愛美のせいじゃないし。塾どころじゃない。ママになんとかしてもらおう。それにしても、体が重い。さわることもできない空気みたいな霊なのに、なんで重いの。愛美の心を読んだみたいに、霊たちが声をそろえた。

――うらみの　おもさ、おもいしれー。

ママは、愛美の話を信じてくれなかった。愛美の肩にいるいっちゃんも、背中にのっかっている動物霊も、見えていないんだ。ママは怖い顔をして言った。

「塾をさぼる言い訳？」

ドロップをなめさせればママにも霊が見えるかも。でも缶のふたが開かない。いっちゃんが、愛美の耳たぶを突きながら言う。

――どうぶつれい、ついてなきゃ　ダーメヨー。

ママが、缶に手を伸《の》ばす。

「甘いものばかり食べて」

取り上げられたら、お役目交替《こうたい》できなくなる。あわてて缶をカバンに入れて家を出た。

「ちゃんと、塾へ行きなさいよー」

それどころじゃないって。動物霊のついている人を探さなきゃ。どこへ行けばいいかな。キョロキョロしながら歩いている間も、動物霊は、うるさい。

――ハネをかえせー　ハネがなきゃ、トンボじゃないー。

――いたいよー　くるしいよー　さみしーよー。

早くだれかに、ドロップをなめさせなきゃ。動物霊のついてる人間、どこ？　目についた公園へ入った。遊んでいる子、足早に通《とお》り抜《ぬ》けしている大人。犬を散歩させている人……残念、あれは生きている犬だ。ん？　木陰のベンチに座っているおじいさんの足元に寝そべっている犬……半透明だ。動物霊ついてる人、見ーつけた！　駆《か》け寄《よ》ろうとしたら、寝そべっていた犬がむくりと起き上がり、牙《きば》をむいてうなった。

――おれのご主人に近づくなっ。

それから、愛美の背中へ目をやって、

――恨みを吐いて生まれ変わったら、今度は優しい人間と出会えよ。

背中の霊たちが、うおーんと鳴いた。

公園には、他にも猫霊をつけている人がいたけれど、こっちも猫が牙と爪《つめ》をむき出し、愛美を追い払った。いっちゃんも、あんなふうに、愛美を守ってくれればよかったのに。

公園をあきらめて、駅前の商店街へ向かった。美容院から出てきたおばさんの頭に、半透明の犬が寝そべって、足としっぽをブラブラさせてる。追いかけて隣《となり》に並んだ。

犬霊の恨み声が聞こえてきた。

——さんぽもさせないで、るすばんばかり。こんなにふとったトイプードルがいる?

愛美は、まじまじと犬霊を見てしまった。トイプードルだとは思えないボディだ。

犬霊が目だけ動かして愛美を見返す。起き上がりも、うなりもしない。

——あんた、ドロップもってるね。このおんなに、なめさせて。トイプードルのナナちゃんからのおくりものって、いってごらん。

愛美は急いで、ドロップを一粒指につまみ、おばさんに声をかけた。

「あの、トイプードルのナナちゃんから贈《おく》り物《もの》です」

「はぁ?」

ぽかんと開けた口に、ドロップをすばやく入れた。吐き出されないようそのまま手でおばさんの唇《くちびる》を押さえる。おばさんは顔をしかめ、愛美の手を払った。

「何するの……ひっ」

文句を言いかけ、息をのむ。きっと、自分の額《ひたい》にぶらさがる犬の前足に気がついたんだ。愛美にはもう見えないけれど。

愛美の背中が軽くなった。肩のいっちゃんも消える。もうどこにも動物霊は見えない。

「これ、あげる」

青ざめ固まっているおばさんに缶を押しつけ、あとは振り返りもせず、走って離れた。

それから十数年後。

愛美は小学校教師になっていた。五月の連休明けの朝、教室の窓を開けに行って、クラスで飼っていたメダカが全滅《ぜんめつ》しているのに気づいた。舌打ちが出る。これだから生き物を飼うのは嫌《いや》。あーあ、余計な仕事が増えた。死んだメダカは生ゴミ扱《あつか》いでいいわよね。

水場で水槽《すいそう》を洗っていたら受けもっているクラスの男子がやってきて、「あげる」と愛美の口にドロップを入れた。それは、口の中でどろりと溶けた。全身に重いものがのしかかる。まさか——と思った時には、動物霊に取り囲まれていた。以前より増えている。男子が、四角い缶を押しつけ、逃げた。

缶が軽い。振っても音がしない。からっぽ？

離れたところから男子が叫ぶ。

「さっきのが、最後の一個！」

凍《こお》れる星の論争《ろんそう》

氷の惑星《わくせい》と呼ばれるウュ星では、今まさに国際会議が紛糾《ふんきゅう》していた。

各国の首相や大統領が集まって、あるひとつの議題で、ああでもないこうでもないと、白熱した議論をくりひろげているのだ。

結論を持ち越し、持ち越し、で会議はすでに三日目である。

「だからとにかく危険なんだ！　あの『地球』という星は！」

「そうだそうだ！　今すぐウュ星の武力のすべてをもって打ち倒すべきだ！」

「あんな辺境《へんきょう》の銀河《ぎんが》にある星など、そんなに気にしなくてもいいのでは？」

「だったらこのままやられっぱなしでいいと言うのか！」

議論の内容は、地球という星に攻め込んで、滅《ほろ》ぼすべきかどうか。今すぐやってしまえと主張する強硬派《きょうこうは》と、早まったことをするべきではないという穏健派《おんけんは》で、意見が真っ二つに分かれているのだ。

「スパイの報告によれば、地球はよい星だと聞くぞ？」

「地球の多くの国では、ウユ星のような環境の時期を『冬』と言い、他に『春』や『夏』といったあたたかい季節もあるらしいですよ」

ウユ星の気候は過酷だ。天気はほとんどが吹雪《ふぶき》で、たまに晴れても大地を覆《おお》う雪や氷は少しも溶《と》けない。地球で言うところの冬が一年中続いているようなものだった。

「あたたかい季節？　そんなもの、われらウユ星人には必要ない！」

「だが、あたたかい時期には、みずみずしい果実や、豊かな作物が実るらしいぞ」

「それは……うむ、たしかに魅力的《みりょくてき》ではある」

いかつい顔の議長が、しかめっ面でうなる。

ウユ星は、知的生命体が存在するさまざまな星に優秀なスパイを送り込んでいる。その星の生き物に擬態してまぎれ込ませ、そこがどんな星か、自分たちにとって利用価値はあるか、などを調査させているのだ。ウユ星にはないものを他の星から持ち帰り、優秀な博士たちが研究することでさらに発展していた。

そのため、ウユ星は他のどの星よりも科学文明が発達しているが、その反面、作物や動物などは乏《とぼ》しかった。そういう意味でも地球は魅力的だった。

穏健派の者たちは、顔を寄《よ》せ合《あ》った。

「いっそのこと、地球人たちと平和条約を結んで、作物を分けてもらうというのはどうだろう？」

「いいですね。私たちと地球人は、耳が尖《とが》っているか丸いかくらいしか見かけのちがいがありませんから、案外仲良くできるかもしれません」

「スパイが持ち帰ってきた『シュークリーム』というものを、また食いたいなあ。あれは甘くて、もううまいのなんの」

「そういうことを話し合っているのではない！」

強硬派のひとりが、我慢《がまん》の限界とばかりにバシンと机を叩《たた》く。

「忘れたのか！　スパイが持ち帰ってきた地球の兵器によって、われらウユ星が誇る最高頭脳《ずのう》であるワイゼン博士が攻撃を受けたのだぞ！　……うぅっ」

むせび泣く声に、全員が状況を思い出し、顔色を変える。スパイが地球から持ち帰ったのは、ウユ星人にとって史上最悪の兵器。彼らはこれを『死の箱』と呼んで恐れた。

「そういえば、ワイゼン博士の容体《ようだい》は？」

その質問に、議長は小さく首を振る。

「あれから変わっていない。『死の箱』から受けた攻撃のせいで、死んだように眠《ねむ》るか、もうろうとしたまま倒れ伏しているかのどちらかだ。話をすることはできるが、研究の鬼《おに》だったあの博士とは思えないほど弱っている」

「おかげですべての研究が止まってしまっているんですよね……。ウユ星にとっては大損害だ……」

「やはり地球人を許すわけにはいかない！　議長、今すぐ総攻撃の許可を！」

また議論が白熱しそうなところで、ひとりのウユ星人がこう言った。

「そうだ！　地球をどうするか、当のワイゼン博士に聞いてみてはどうだろう！　弱っておられるとはいえ、博士の頭脳なら、われわれよりも明確な答えを導き出してくれるのではないか？」

それは名案、とだれもが賛成した。

ぞろぞろと連れ立って博士の研究室のドアを開けたウユ星人たちは驚愕《きょうがく》した。

今まさに、小さいテーブルほどの大きさの『死の箱』に、ワイゼン博士の下半身が食われている状態だった。老いた博士の上半身は、それこそ死んだようにぐったりとしている。『死の箱』を地球から持ち帰《と》ったスパイもそこにいたが、こちらは足から首まで食われており、安らかに目を閉じている。

数々の悲鳴があがる中、ワイゼン博士はむくりと上半身を起こして、のんびりとした口調で言った。

「これはみなさんおそろいで。どうしました？　仕事など少しお休みして、みなさんもどうです？　これは地球で『こたつ』と呼ばれているすばらしいものですぞ」

赤ずきんのユーワク

深い森の小道を、赤ずきんが歩いていた。お母さんから、病気のおばあさんのお見舞いに行くように頼まれたのだ。

この赤ずきんは、三代目の赤ずきんで、あの有名な物語の主人公の孫だった。これから会いに行くおばあさんとは、元祖《がんそ》赤ずきんだ。

オオカミに一度飲み込まれ、狩人《かりゅうど》に助け出されるまで胃袋《いぶくろ》の中に閉《と》じ込《こ》められた経験は、どうやらおばあさんの体によくない影響を与えたらしく、今ではすっかり弱って、ベッドで寝たきりになっている。

三代目赤ずきんは、初代の失敗を、耳にタコができるほど聞かされていた。

「おばあちゃんったら、バッカみたい。のんきにお花なんかつんで、すきだらけだったのね。あたしはオオカミなんかにだまされたりしないわ。ま、オオカミなんても う絶滅危惧種《ぜつめつきぐしゅ》らしいけどさ。ふふ」

赤ずきんは、お母さんに持たされた、おばあさんの好物のアップルパイの入ったかごを下げて、ずんずん森を歩いていく。

そこへ、ひとりの美しい青年が通りかかり、赤ずきんに声をかけた。

「やあ、こんにちは。きみ、この森じゃ見かけないようなかわいい子だね。どこへ行くの？」

青年は、背が高く堂々としていた。長いたてがみのような髪型《かみがた》に、吸い込まれそうな不思議な色の瞳。長い足をぴったり覆《おお》うパンツも、グレーの上着も、どちらも仕立てがよく、見たこともないようなしゃれたデザインだった。

「え、ええ。ちょっと、お見舞いにね。あなたは……だれ？」

「ぼくは、オオカミだよ」

赤ずきんはびっくりして立ち止まった。

「オオカミですって？」

「ああ、正真正銘《しょうしんしょうめい》のね」

「うそでしょ、だって、オオカミに見えないわ」

「イマドキ、あんな野蛮《やばん》なケモノの姿で、生き残っていけると思うかい？」

「それもそうよね、絶滅危惧種だって言われてるし……。あら、ごめんなさい。怒らないでちょうだい」

赤ずきんは、思わず口に手を当てた。すると、青年は肩をすくめてこう言った。

「ぼくの祖父は、赤ずきんとおばあさんを食べてさんざんな目にあったんだ。ぼくは、そんな愚《おろ》かなことはしないよ。ふん、オオカミが人を食べるなんて、まったくくだらない。時代遅れもいいとこだ」

それから、青年は手慣れたしぐさで森の花をつみ、あっというまにすばらしくセンスのいい花束をつくった。

「さあ、これをどうぞ。お嬢《じょう》さん」

赤ずきんが目をパチクリさせていると、青年は言った。

「ねえ、そんな子どもじみた赤い帽子《ぼうし》なんかかぶっていないで、ぼくと一緒《いっしょ》に外の世界に行かないか？　この世界の外では、みんな自由だよ。女の子は流行の服を着て、小枝みたいな細いヒールのくつをはいて、キラキラ笑っているよ」

「それ、ほんとうなの？」

「ああ、そんなやぼったいスカート、だれもはいていないよ。きみにはもっとかわいい服を買ってあげる。きみにぴったりの店があるよ」

赤ずきんはため息をついて、うっとりと青年を見上げた。

「じゃ、ぼくはここで待ってるから、用事を済ませておいでよ」

青年は、大きな木に寄《よ》り掛《か》かって、ウインクした。その瞬間《しゅんかん》、目の前でシャラーンと星くずが散ったような気がして、赤ずきんの心臓はドキンと音を立てた。

「あたし、なんにも知らなかったんだわ」

ふわふわした足取りでおばあさんの家に向かう赤ずきんの頭の中には、「外の世界」という言葉が、甘いささやきのようにこだましていた。

「あたし、もう赤ずきんなんかやめて、生まれ変わるわ。このアップルパイとお花をおばあちゃんに届けたら」

おばあさんの家の古びたドアは、まるで、古い時代へ逆戻《ぎやくもど》りする入口のようにも見え、赤ずきんは身震《みぶる》いした。

「こんにちは、おばあちゃん。お見舞いに来たわ。具合はいかが？」

「おお、おお、赤ずきんかい。おまえが来るのを待っていたよ。さあ、もっと近くに来て、顔を見せておくれ」

ベッドに寝ているおばあさんは、いつもよりずっと小さく、しわくちゃになったように見えた。

「お母さんが、おばあちゃんの大好きなアップルパイを焼いてくれたのよ。それから、お花も持ってきたわ。ほら」

「そうかい、そうかい。ありがとうよ」

赤ずきんは、ベッドのそばの椅子《いす》に座ると、おばあさんに話しかけた。

「あのね、おばあちゃん、あたしがお見舞いに来るのは、これで最後よ。あたし、森を出て外の世界に行くの。すてきな人に誘《さそ》われちゃったのよ」

「まあ、なんてことだろう！」

おばあさんは、かすれた声で、涙《なみだ》ながらに言った。

「あたしが歳を取っていく間に、時代は変わっちまったんだね。悲しいけど、おまえの好きにするがいい。かわいいおまえは、世界一の孫娘《まごむすめ》さ」

「ありがとう、おばあちゃんも世界一のおばあちゃんよ。わがまま言ってごめんなさい。愛してるわ！」

赤ずきんは、思わずおばあさんに抱きついた。

ぱくっ！

ベッドから瞬時に起き上がって赤ずきんを飲み込んだのは、毛の抜《ぬ》けかけた、よぼよぼのオオカミだった。

「ああ、うまかった。これでいつ死んでも悔いはない」

そこへ、さっきの青年が入ってきた。

「うまくいったかい？　じいちゃん」

「ああ、おかげさまでな。まさかこのわしがまだ生きていたとは、ばあさんも孫も知らなかっただろうよ」

「ばあさんはおととい、狩人も昨日無事に平らげたようだけど、これで全員だったよね？」

「ああ、おまえのおかげだよ。こんなに一気にうまくいくなんてなあ。ところで、狩人はどうやってそそのかしたんだ？」

「なあに、『昔あんたが助けた赤ずきんが、死ぬ前に恩人《おんじん》の狩人さんに、金貨を一《ひと》袋渡《ふくろわた》したいって言ってるよ』ってささやいたんだ。ただし、こっそり渡したいらしいから、ひとりで行くようにってね」

「そうかい。あいつも最後に欲を出したな。おかげで復讐《ふくしゅう》できたよ。それにしてもおまえ、ずいぶんな才能じゃないか」

「じいちゃん、イマドキ、人を食うなんてクールじゃないぜ。甘い言葉をささやいて、金を巻き上げて生きていくほうがずっとスマートで割がいいや。欲の深い人間はいっぱいいるから、楽なもんさ」

「へええ、昔はだれも思いつきやしなかったよ。時代は変わっちまったんだなあ。おっと、ここ三日間、久しぶりに食いすぎた。消化が悪いや」

年寄《としよ》りオオカミは、腹をさすった。

「丸のみなんて体に悪いから、ほどほどにしな。じゃあな、ぼくは街に戻るよ。じいちゃん孝行《こうこう》ができてよかったぜ」

「ああ、おまえも達者で暮らせよ」

「次はいつ会えるかわからないけど、長生きしろよ」

若いオオカミは鏡を見て髪をととのえ、年寄りオオカミに手を振って、さっそうと小屋を出ていった。

出ないんです

「できるだけ、安い部屋を借りたいんです。学生向けの物件、ありませんか？」

「ええ、まだありますよ。青木《あおき》さんはそこのA《エー》大の学生さんですか？」

「はい。この春から」

大学の入学試験の合格発表を見たその足で、青木は駅の近くの不動産屋へ入った。不動産屋には新入生らしい先客が三組いたが、みな母親と一緒《いっしょ》だった。

青木には母親はいない。彼が中学生の時、両親が離婚した。以来、彼は三つ年下の妹とともに、父親に男手ひとつで育てられたのだ。

できれば実家から通える距離《きょり》にある大学に進学したかったが、興味のある分野を学べるところがなかった。結局、青木は、実家から新幹線で三時間のところにある国立大に合格し、ひとり暮らしをすることになったのだ。できるだけ安い部屋に住んで、アルバイトに励《はげ》み、父親からの仕送りは一切もらわないつもりだった。

「こちらの物件はいかがでしょう？　男子学生のみ入居可の古い木造《もくぞう》アパートです。お風呂《ふろ》と洗面台、トイレは共同ですが、小さなキッチンが各部屋についています。畳《たたみ》の個室は六畳《ろくじょう》ありますし、昔ながらの押し入れ付きなので、収納もたっぷりですよ」

青木の担当となったのは、岩山《いわやま》という、まだ若い女性だった。

「いいですね。家賃も予算内だし」

「ただ、ちょっと問題がありまして……出るらしいんですよ」

「出る？」

青木が聞き返すと、岩山は指先を下にした両手の甲を、自分の胸《むね》の前に並べた。幽霊《ゆうれい》のまねをする時に使うポーズだ。

「あくまで『出る』という噂があるだけなんですが……。古い資料が残っていないので、以前この部屋で何があったのか、わたしどもにはわからないのです」

「うーん。でも、これ以上安い部屋はないんですよね？」

「ええ。そんな噂《うわさ》がなければ、ここももう少し値上がりするはずです」

「行ってみて考えてもいいですか？」

「もちろん」

と言いつつ、岩山の顔には「行きたくない」という文字が浮《う》かんでいた。どうやら、噂もまったくのデマというわけではなさそうだ。

青木は幼《おさな》いころから、多少の霊感《れいかん》をもち合わせていた。そこに何がいるか、相手が自分に害をおよぼすかどうかくらいは判断できる自信があった。

（特に害のない霊なら、部屋にいたところでそれほど問題ではない。それに、その場所によほど思い入れのある霊でない限り、ふらっといなくなることもあるようだ。行ってみて嫌《いや》な感じを受けなかったら、ここに決めよう）

彼はそう思い、足取りの重い岩山のあとに続いて、アパートへ足を踏《ふ》み入《い》れた。古い板張《いたば》りの廊下《ろうか》は、歩くたびにギシギシと大げさな音をたてる。

問題の部屋は、廊下の一番奥にあった。岩山は持ってきた鍵《かぎ》を差し込むと、こわごわドアを開いた。正面には東向きの窓があり、室内は意外と明るかった。

「い、いかがですか？」

部屋の入口から一歩も動こうとせずに、岩山が尋《たず》ねた。青木は部屋の真ん中に立って、四方をぐるっと見まわしてみる。それから、押し入れと天袋《てんぶくろ》を開けてのぞき込んだ。

（何かいるような気配がまったくしないわけじゃないが、別に嫌な感じはしないな。

むしろ、居心地《いごこち》がいいような気さえする……。よし！）

「岩山さん、ここに決めますっ！」

青木が急に大きな声を出したので、岩山は「ひえっ！」と言って飛び上がった。

入学式が終わり、本格的に授業がはじまるにつれて、青木はどんどん忙しくなった。

学業の他に、慣れない家事、バイトの仕事を覚えるのに精一杯で、毎日があっというまに過ぎていく。

ある日、ファミレスのバイトを終えた青木は、深夜にくたくたになって帰宅した。夕飯はまかないで済ませているので、あとは風呂《ふろ》に入って寝るだけだが、その力すら残っていない。

（コーヒーでも飲んで一息つこう）

そう思ってやかんを火にかけたものの、眠気《ねむけ》に耐《た》えられず、畳に横たわって眠ってしまった。

数時間後、青木は激《はげ》しい雨音で目を覚ました。

（いけない！　火をつけっぱなしだ）

飛び起きてガスレンジのところへ行くと、火は止まっていた。ふっとうしたお湯が吹《ふ》きこぼれたような形跡もない。火の大きさを調節するつまみは、0に戻《もど》っていた。

(寝ぼけて自分で消したのかな？　あっ、雨！　洗濯物を取り込むのを忘れてた！)

あわてて窓を開けると、そこには物干《ものほ》しざおがあるだけ。

不思議に思って振り返ると、畳の上にしっかりと乾いた洗濯物が積んであった。

(あれ？　オレ、取り込んだんだっけ？)

そんなことが、ちょくちょく起こるようになった。

電気をつけたまま眠ってしまったはずなのに、朝になるとちゃんと消えている。かけ忘れた目覚ましが、朝一番の講義に間に合う時間に鳴り出したこともある。

よくよく考えると奇妙《きみょう》なことばかりだが、青木は深く考えないようにした。

(実際、助かっているんだし……まあいいか)

めずらしくバイトが休みだったある日、夕方過ぎに帰宅すると、廊下で他の部屋に住む学生に出くわした。

「ああ、きみ、春から住みはじめた一年生だろ？　オレは、院生で吉井《よしい》っていうんだ。夕飯、まだ？ よかったら食べていかないか？」

今日はカップラーメンでも食べようかと思っていた青木にとって、それはとてもありがたい誘《さそ》いだった。

「そんなに夜遅くまでアルバイトをしているのか。どうりで今まで会わなかったわけだ」

ご飯、みそ汁《しる》、肉野菜いため、卵焼き。吉井がつくった夕飯は、久々に食べる家庭の味だった。

「ごちそうさまでした！ おいしかったです」

「どういたしまして。コーヒーでも飲む？ インスタントだけど」

ふたりでコーヒーをすすりながら、大学の話などをしているうちに夜も更《ふ》けてきた。

ふっと話題が途切《とぎ》れた時、吉井がこう切り出した。

「あのさ、青木くんは霊感とかまったくないの？」

「えっ？」

「あの部屋のこと、不動産屋から聞いただろ？ 怖い思いしているんじゃない？」

「ああ。たしかに、ちょくちょく不思議なことが起こってはいるんですけど、ぜんぶありがたいことなので、怖くはないですね」

「へぇ、じゃあきみは気に入られているってことなのかな？　前の住人は、毎日いろんな霊が出るって怖がっていたよ。霊感の強い友だちに来てもらったら、霊の通り道になっていると言われたって」

「そうなんですか。ぼくはそういうところへ行くと、今まで必ず何か見えていたのに、あの部屋ではまだ何も見ていないんです。それどころか、小さいころ親に見守られていた時のような、安心感すら覚えて居心地がいいんですよ」

興味をもった吉井が、青木の部屋へ行ってみたいと言い出した。

そこで、ふたりで青木の部屋に入ると、吉井が、

「あれっ、大家さん？」

と口にしたのだ。どうやら吉井も霊感があるらしい。青木が尋ねると、

「今、一瞬《いっしゅん》、大家さんがいた気がしたんだ。でも、前の大家さんだよ。とても感じのいい女性だった。去年、病気で急に亡くなったんだよ。まだ五十歳くらいだったのに……」

「そうなんですか」

「でも、なんで大家さんの霊がここにいるんだろう？　前は、無法地帯みたいに悪

い霊がうろうろしてるって言われていたのに……」

吉井は首をかしげながら自室へ戻っていったが、それ以来、何かと青木のことを気にかけてくれるようになった。

ある日、再び青木の部屋へ遊びにきた吉井が、青木の子どものころのアルバムを見て、

「この人、大家さんじゃないか！」

と声をあげた。そこに写っていたのは、離婚して出ていく前の母親と幼い青木だった。

「オレが知っている大家さんより若いけど、ほくろの位置とか同じだし、ぜったいそうだよ」

吉井が口にした名前と、青木の母親の名前は同じだった。

（そうだったのか。何かと世話を焼いてくれたり、他の幽霊《ゆうれい》が出ないようにしてくれたりしていたのは、母さんだったのか。病気で亡くなっていたなんて知らなかった……）

青木は結局、大学在学中の四年間をその部屋で過ごしたが、その間、一度も霊が出たことはなかった。

書き初め

一月二日は、書き初め登校日。十年前の「厄災《やくさい》」以来、日本の小学校の一番大切な行事となっている。

「厄災」——はじまりは、SNS《エスエヌエス》への投稿《とうこう》だったそうだ。

〈人の悪口募集。悪魔《あくま》の種を育てるよ〉

おもしろがって、悪口を書き込んだ人が何人かいたらしい。数日後には、

〈悪魔の芽が出たよ。もっと悪口が欲しいな〉

という文とともに、画像がアップされた。異様なパワーを感じさせる、真っ黒な芽だった。それに引き寄《ひよ》せられるかのように、悪口の書き込みが増えた。翌日《よくじつ》、真っ黒な双葉の画像がアップされた。

〈もっともっと悪口を。君の心にも、ある、よね?〉

悪口はさらに増え、双葉は真っ黒な茎と葉を伸《の》ばし、真っ黒なつぼみをつけた。

〈どんな花が咲くかな。わくわく。もっともっともーっと悪口を〉

悪口をあおるなと叱《しか》ったり、悪口をやめようと呼びかけたりする書き込みもあったが、

〈悪口を言わない人は偽善者《ぎぜんしゃ》。もしくは、自分のみにくさから目をそらしている卑《ひ》怯者《きょうもの》〉

という投稿のほうに「いいね」が集まった。流れは止められなかった。

〈自分の心にあるものを認めよう。悪口は自分の心と向き合っている証拠〉

そんな考え方がネットの中だけではなく、現実世界でも広がった。

そして、十年前の一月二日に、動画がアップされた。黒いつぼみがゆるみ花びらが開いていくのを見た人々は、身震《みぶる》いした。本能が、これはよくないものだと、教えていた。でも、もう遅かった。動画の画面を閉《と》じることすらできない。真っ黒な花が咲き、その中から黒い粒子《りゅうし》が噴《ふ》き出《だ》し、それが画面からあふれ出て、ケケケと笑い声をあげながら現実世界に拡散していくのを、人々はただ震えながら見ていた。

バーチャルの世界から噴き出した黒い粒子は、悪魔だった。人は、怠《なま》け心《ごころ》や誘惑《ゆうわく》に勝つことが、とても難しくなった。だって、悪魔がそそのかすから。悪魔はどこにでも現れた。なんにでも化けた。盗《ぬす》み、詐欺《さぎ》、いじめ……あらゆる犯罪が増えた。

遅すぎたけれど、それでも、人間は抵抗《ていこう》をはじめた。だれかを愛したり、道端や公園に花を咲かせたり、街でごみ拾いをしたり。悪魔が嫌《きら》うことをすると、悪魔は弱る。

なかでも書き初めは、悪魔をやっつける「言霊《ことだま》」を生む。それは言葉に宿る霊《れい》力《りょく》だ。「ありがとう」や「大好き」には浄化《じょうか》の力が、「むかつく」や「うざい」にはケガレが生まれる。だから、悪魔が嫌う美しい言葉を書かなきゃいけない。そして、言霊の霊力は、大人より子どものほうが強い。子どもの成長エネルギーが言霊に力を与えるんだって。

ここ数年、みんなの努力で悪魔が弱ってきてる、と校長先生が言っていた。

ぼくは小学六年生。心を込めて書き初めをして、悪魔をやっつけてやる。

それなのに、一月二日の朝、ぼくは寝坊《ねぼう》した。昨日の夜、遅くまで、兄ちゃんとゲームをしていたせいだ。ママに起こされ、あわてて着替《きが》える。歯磨きしないでうがいだけで済ませようとしたら、パパに叱《しか》られた。書き初めの朝だぞ、身を清めなさいって。歯磨きし、顔を洗い、髪《かみ》もとかしたら、朝ごはんを食べる時間がなくなった。

急がなきゃ。書道セットはどこだっけ。あ、あった。でも、硯《すずり》に墨《すみ》がこびりついている。筆もカチコチ。いつもは前の夜にちゃんと準備するのに、昨日は兄ちゃんにゲームに誘《さそ》われ、すっかり忘れていた。あれっ、墨がない。どうしよう。文具屋さんは開いてるだろうか。買えたとしても完全に遅刻だ……いっそ、仮病で休もうか。

その時、兄ちゃんが部屋に入ってきた。

「ほら、おれの書道セット貸してやるよ」

「ありがとう、兄ちゃん」と言いながら、何か引っかかった。そういえば昨日の夜も……なんだっけ？　首をかしげていたら、兄ちゃんが時計を指さした。

「遅刻《ちこく》するぞ」

書道セットを持って家を飛び出したところで、隣《となり》のおばさんに声をかけられた。

「あけましておめでとう。書き初め、がんばってね」

あいさつしているヒマはないから、頭をぺこんと下げて走り出す。後ろから大声。

「あいさつはちゃんとしなきゃだめよーっ、書き初めの日なんだからー」

チャイムと同時に学校に駆《か》け込《こ》もうとしたら、校門で先生に止められた。

「あいさつを忘れているわよ。あけましておめでとうございます。ここからは歩いて、呼吸を整えて教室に入りましょうね。静かな気持ちで、筆を持てるように」

教室に入った時には、もうみんなが座っていた。ぼくも急いで席に着き、兄ちゃんの書道セットを開ける。筆は真っ白ふっくら、墨も新品みたい。あ、お手本を家に忘れてきた。でもたくさん練習したから、なくても大丈夫《だいじょうぶ》。今年書く言葉は「感謝」だ。

担任の先生が来て、書き初めがはじまる。まずは硯で墨をする。うっ。臭《くさ》い。生ゴミが腐ったみたいなにおい。糸を引くほどねっとりした墨ができていく。臭くて、腹が立ってきた。なんで、こんな目に遭《あ》わなきゃいけないんだよ。悪魔の花を咲かせた大人たちがバカだったからだ。パパやママや隣のおばさんや先生たちのせいだ。

ぼくは、臭くてどろりとした墨で、〈ばーか〉と、書き初めしてやった。

「臭い。ムカムカする。むかつく」

尖《とが》った声は隣の席の子。半紙に〈むかつく〉と書いていた。

悪臭《あくしゅう》が教室に広がる。みんな、怒り出す。

「最低っ」とつぶやいた女子は〈最低〉と書いている。

「くそったれ」と吐き捨てるように言った男子は〈くそ〉と書く。

先生が怒鳴《どな》った。

「おまえたち、何を書いてるんだ！　書き初めだぞ！　ああ臭い！」

だれかが泣き出す。ののしり合う声も聞こえる。ケンカがはじまり、ガシャーンと机が倒れ、床《ゆか》に黒々と墨が広がる。

その騒ぎを、廊下側《ろうかがわ》の窓からのぞき込んで、笑っているやつがいる。

その時ぼくは思い出す。ぼくはひとりっ子、兄などいない。

昨日の夜、一緒《いっしょ》にゲームをし、今朝《けさ》、書道セットを貸してくれたのは——廊下でにやにやしているアイツは——だれだ?

恋《こい》妖《よう》奇《き》譚《たん》

中学二年生の友恵《ともえ》は、夏休み、田舎《いなか》にある祖父母の家へと遊びに来ていた。受験生である姉への配慮《はいりょ》から、ひとり八月いっぱい滞在予定。本当はこんな何もない田舎にいるのはイヤだったが、がんばっている姉の手前、言い出せなかったのだ。

退屈《たいくつ》で退屈でしかたないある日。蔵《くら》（大昔の物置）を探索《たんさく》し、古ぼけた小箱にしまわれた、梅《うめ》の花の飾《かざ》りがついたかんざし（大昔の髪飾《かみかざ》り）を見つけた。

「わたくしを起こしてくださったのは、あなたですか？」

「えっ、何！　なんか声が聞こえる！」

かんざしからシュウシュウと煙《けむり》が湧《わ》き上《あ》がり、その煙はやがて、赤い花の柄が入った着物を着た、友恵と同い歳くらいの少女の姿へと変わっていったのだった。

「トモエ！　トモエ！　起きてください！」

耳元でガンガン声がする。友恵はしばらく布団《ふとん》をかぶって無視していたが、何度も呼びかけてくるしつこさに負け、不機嫌《ふきげん》に身を起こした。

「トモエ！　またあの妖術《ようじゅつ》の板札《いたふだ》を見せてください！　トモエ！」

「妖術じゃないって何度も言ったでしょ……。スマホよ、スマホ」

「それです、『すまほう』！　早く『ねっと』という術で調べ物をしてください！」

子犬のようにくるくると友恵のまわりをまわっているのは、あの時、煙の中から現れた少女だった。日本人形のような長い黒髪《くろかみ》に、赤い花柄をあしらった薄桃色地《うすももいろじ》の着物。名前は絹《きぬ》、というらしい。彼女はなんと、ほんの少し宙《ちゅう》に浮《う》いている。友恵にしか見えないという正真正銘《しょうしんしょうめい》の幽霊《ゆうれい》だ。あの日以来近くでつきまとわれている。

「勘弁《かんべん》してよ、朝っぱらからぁ」

むくれる友恵に、絹はちょっと呆《あき》れ気味《ぎみ》だ。

「もう巳《※み》の刻《こく》ですよ。トモエは少し寝坊助《ねぼすけ》だと思います」

友恵がやれやれとスマートフォンでネットの検索ブラウザを立ち上げると、絹はうれしそうに画面をのぞき込んだ。出会ってから今日で五日。話を聞くと、どうやら絹は二百年くらい前の江戸《えど》時代に生きていた、友恵の先祖《せんぞ》の姉妹に当たる人物らしい。さすがに大昔の常識しか知らない幽霊《ゆうれい》だけあって、はじめは現代の車やらテレビやらにいちいち大騒ぎしていたが、スマートフォンの便利さを知ると、絹は友恵にある頼《たの》みごとをしてきた。

「白尾《しらお》さまにお会いしたいのです。どうか探してくださいまし」

とのことだ。白尾という人物は、絹の話によるとこのあたりに住んでいたようだ。が、地名やら人名やらを組み合わせて検索しても、今のところ有力な情報はない。

（絹が遅くまで調べ物につき合わせるから寝坊するんじゃない。もうっ）

内心では文句を言う友恵だったが、口には出せない。

「ないなあ。ねえ絹。その白尾って人は本当にこのへんに……」

そもそもすでに生きてはいない人物だろう。そろそろあきらめてもらいたいという気持ちで問《と》い詰《つ》めようとするが、さっきまでとは打って変わって真剣《しんけん》な表情で画面をのぞき込んでいる絹の横顔に、友恵は何も言えなかった。

と、その時、画面の上部にピコンとチャットアプリの通知が届く。いつものクセでタップしてしまって友恵はあせるが、絹は顔を上げ、ぱっと笑顔になった。

※9時から11時。

「覚えていますよ、トモエ！　それは離《はな》れたところにいる相手とお話ができる『めっせーじあぷり』という術ですね？　お相手の『涼平《りょうへい》せんぱい』はトモエがお慕《した》いする殿方《とのがた》で……」

「そ、そんなこと私、言ってないでしょ！」

鋭《するど》い指摘にうろたえる。部活の先輩である涼平からのメッセージを受信したところはまだ二回しか見られていないのに。しかもどちらもただの部内連絡だ。

友恵は画面を隠《かく》しながら、細心の注意を払《はら》って言葉を選び、何度も自分の中で添《てん》削《さく》してから、メッセージ内容を了解した旨《むね》の返信をした。返事ひとつにこんなに真《しん》剣《けん》になっていれば絹にもバレて当たり前だと気づいたのは、ほっとひと息ついたあとだった。

「やはりお慕いしているのですね」

「……ま、まあ……うん」

認めた瞬間《しゅんかん》に顔が熱くなった。とはいえ涼平は人気者で、自分なんかでは振り向いてもらえないと友恵はあきらめている。が、絹はますますうれしそうに笑った。

「今の時代は自由にどんな殿方を好きになってもいいのですよね？　すてきです」

出会ってから聞かせた現代の話の中で、絹はとりわけ恋愛に関する話を好んだ。

友恵は何気なく、枕元《まくらもと》に置いてあった、絹がとりついていたかんざしを取り上げる。

「その……絹は白尾って人のこと、そんなに好きなの？」

二百年もたってるのに、とは言えなかった。それに友恵には、絹が生きていた時代には自由な恋愛ができなかったという話が、どうにもピンとこなかった。

「お慕いしておりました。まわりに知られぬように、こっそりと逢《あ》っておりました」

絹が悲しげに目を伏せる様子は、自分と同年代とは思えないほど艶《つや》があった。本当にその白尾という人のことが好きだったのだと、それだけでわかるほどに。

「しかしわたくしは、隣村《となりむら》の見ず知らずの殿方のもとへ嫁《とつ》がなければならず、けれど白尾さまへの思いを断ち切れなくて……。それならばいっそ、と、わたくしは村を発つ日にとうとうそのかんざしで自分の喉《のど》を突《つ》いて命を……」

「ひゃあああああ」

友恵は思わずかんざしを放り投げ、絹が「ああー」とあわててそれを追う。

と、その時、友恵は壁《かべ》に掛《か》かったカレンダーに予定が書き込まれているのが目に入った。その中のひとつに、『白尾神社の掃除《そうじ》』というものがあり、思わず飛び上がる。

「白尾神社って、まさか！　おばーちゃーん！　ねえ、おばーちゃーん！」

「トモエ……トモエ……起きてください」

何度も絹に呼びかけられ、「もう、またぁ？」と友恵は身を起こした。

しかし、部屋は真っ暗。どうやらまだ真夜中のようだ。そのことにもおどろいたが、その暗い部屋で、絹が深々と土下座《どげざ》をしていることにもまたおどろいた。

「トモエ、お願いします。わたくしを白尾神社へと連れて行ってくださいませ」

「う、うん。だからそれは明日行くってば。今は外も暗いし……」

「今すぐに！　どうかお願いします！　白尾さまがわたくしを呼んでいるのです！」

友恵は「えっ！」とたじろぐ。まさか幽霊《ゆうれい》に呼ばれているのだろうか、と。

断りたかったが、絹の真剣な様子をしばらく見て、とうとう腹をくくってジャージに着替《きが》え、懐中《かいちゅう》電灯とかんざしを握《にぎ》りしめた。真っ暗な道を進み、山すそにある石段をしばらくのぼった先に、地図にも載《の》っていない小さな白尾神社の社《やしろ》と鳥居《とりい》があった。

その鳥居のかげに立つ白いはかま姿の男性のシルエットに、友恵は言葉を失った。

見た目は二十代後半くらいの男性なのだが、その髪は銀色《ぎんいろ》で、頭にはぴんと立った獣《けもの》の耳、そしておしりには銀色のふさふさなしっぽが五本、ゆらゆらと揺《ゆ》れていた。

「白尾さま！」と涙《なみだ》ながらに男性に飛びつく絹を、彼は優しく抱きしめ、目を細めた。

「待っていたぞ、絹よ。おまえと再び逢いたくて神通力《じんつうりき》をきたえるうちに、キツネの妖怪《ようかい》から稲荷神《いなりのかみ》になってしまったぞ。さあ、今こそ夫婦《めおと》になろう」

「はい、どこまでも白尾さまとともに！……ありがとうございます、トモエ。わたくしは白尾さまのもとへ行きます」

友恵の手の中で、淡《あわ》い光を放ってかんざしが消えていく。同じく、絹と白尾の姿も。

「う、うそ！　ちょっとまってよ、絹！　いいの？　だって、相手は人間じゃなくて、き、狐？　神さま？　ていうかこんな相手だったなんて私聞いてないし！　本当にいいの？」

すると、絹はきょとんとした顔で首をかしげた。

「今の時代は、自由に殿方を好きになっていいのですよね？　わたくしも、トモエも」

「あ……」

笑顔のふたりがゆっくりと空気に溶《と》け、あとには静寂《せいじゃく》と月夜だけが残った。

友恵は石段のうえで虫の声を聞きながら、じっと考えた。やがて大きく深呼吸すると、「そうだよね」と空に向かってうなずき、スマートフォンでメッセージを送った。

『先輩。夜遅くにごめんなさい。大先輩に背中を押されて、どうしても今言いたいことがあるので、電話してもいいですか？』

エイプリルフール

大学で知り合った仲間うちで、就職が決まらなかったのはカズヤだけだった。

(オレはみんなとはちがう。もっと自由に生きたいんだ!)

卒業式が終わるとすぐ、カズヤはリュックひとつで日本を飛び出した。

旅は予想以上に順調だった。

行き先は英語圏ではなかったが、カズヤの未熟な英語力でもそれほど問題なくすごすことができた。日本の企業が進出している地域のせいか、日本人も結構多い。

(楽だけどなんかちがう。もっと「外国をひとりで旅してます」っていう刺激が欲しい)

そう考えたカズヤは、にぎやかな中心部を離《はな》れて郊外へと移動した。そして、英語表記のない、行き先のよくわからない電車に乗り込んだのだ。

日本の電車に比べるとかなり遅《おそ》く、揺《ゆ》れも大きかった。しかし、疲れが出たのか、座席に身をしずめたとたん、カズヤは深い眠《ねむ》りへと落ちていった。

だれかに肩を叩《たた》かれて目を覚ました。どうやら車掌《しゃしょう》のようだ。つまみ出されるようにして、電車を降りる。終点まで来てしまったらしい。

日が暮れようとしている。さえぎる建物がほとんどないので、空が大きい。真っ赤な空に飲み込まれてしまいそうだ。

(腹がへったな)

ふらふらしながらしばらく歩くと、どこからか不思議なリズムの音楽が聞こえてきた。

音のするほうへ向かっていくと、大きな広場にたどり着いた。

そこには、たいこや笛、あとはよくわからないものを振ったり叩いたりしながら、大声で歌っている人たちがいた。さらに、それを取り巻く人たちが、リズムに合わせて思い思いに体を揺《ゆ》らしている。

広場にはぜんぶで百人、いや二百人はいるだろうか。広場の一画には屋台のようなものがあって、肉が焼けるいいにおいがする。

(なんだろう? 何かの祭りなのかな?)

ぼんやりとたたずんでいると、いきなり肩を組まれた。

「あんた、日本人だろ？　こんなところに珍しいな。オレ、スズキっていうんだ」

「ああ、あなたも日本人なんすね。よかった」

カズヤはホッとした。スズキに案内してもらって、屋台で焼いた肉を食べ、不思議な味のするビールを飲み、すっかりくつろいだ気分になった。

「ところで、これってなんの祭りなんすか？」

落ち着いたところでよく見まわしてみると、さまざまな格好をしている人たちがいる。まるで、日本で見かけるコスプレみたいな……。

「ほら、四月一日だよ」

（そうか。エイプリルフールか。この街にもエイプリルフールがあるんだ。しかも、エイプリルフールにコスプレパーティーするなんて、なかなかおもしろいな）

やがて音楽がやむと、きらびやかな衣装を着た男が、広場の真ん中に進み出てきた。

そして、声高らかに何やら叫《さけ》び、それを聞いた周囲の人たちが歓声をあげた。

「なんて言ったんすか？」

「『オレは百年後の未来から来た』だってさ」

（なるほど、そういう嘘《うそ》をつく会ってわけね）

ほかにもドラキュラや魔女《まじょ》や牧師《ぼくし》、天使やゴリラなどに扮《ふん》した人々が出てくるのを見ているうち、カズヤはウズウズしてきた。

「英語も通じそうっすね。スズキさん、オレも行ってきます！」

「へっ？　あ、バカ。よせって！」

スズキがとめるのも気にせず、カズヤは広場の中央に躍《おど》り出《で》た。みんなの視線が、カズヤに集まる。

（わ、やべぇ。オレ、注目の的だ。外国人がいきなり出てきたから、おどろいてるな）

カズヤはゴホン、と咳払《せきばら》いをひとつしてから、つたない英語で、

「オレは宇宙からきたぜ！」

と叫び、一段と大きい歓声が自分へと浴びせられるのをじっと待った。

ところが、いつまでたっても広場はしんとしたまま。

人々はみな険《けわ》しい表情で、カズヤを見ている。

（あれ？　なんか、やばい雰囲気？）

助けを求めようとスズキがいたほうを見たが、すでにそこには彼の姿はなかった。

しかたなく、すごすごとその場を去ろうとすると、体格のいい男たちに取り押さ

えられた。そして、広場の近くにあった地下牢《ちかろう》に閉《と》じ込《こ》められてしまったのである。

手は後ろに縛《しば》られ、足には大きな鉄のおもりがついた鎖《くさり》が取り付けられている。

(なんだよ、これ。ものすごい重罪人みたいじゃないか。いったいどんな罪だよ)

しばらくして、体格のよい看守《かんしゅ》とともに小柄《こがら》な男がやってきた。スズキだった。

「あっ、ちょっとスズキさん！　なんなんすか、これ。なんとかしてくださいよ」

カズヤは鉄格子《てつごうし》の向こうに助けを求めた。しかし、スズキの表情は険しい。

「いいか、おまえは重大な罪を犯したんだ。この街でエイプリルフールに嘘をついていいのは、一部の身分の高い人だけなんだよ」

「えっ、そうなんすか？　そんなの知らないっすよ。で、オレはこれからどうなるんですか？」

「一時間後、日付が変わった瞬間《しゅんかん》に処刑《しょけい》される」

「処刑？　処刑って、殺されるってこと？」

スズキの顔はいたって真剣《しんけん》だ。

「待ってくださいよ。そんな、嘘でしょ？　スズキさん、なんとかしてくださいよ」

「申しわけないが、オレとおまえは今日会ったばかりの他人だ。あまりおまえにかかわると、オレまで罪に問われかねない。すまんが、わかってくれ」

そう言い残して、スズキは行ってしまった。

こんなことになるなんて……。カズヤはひどく動揺《どうよう》した。

（オレの命が、あと一時間？　こんなところで、命が尽《つ》きるなんて）

目を閉《と》じると、家族の顔が浮《う》かんできた。そして、友だちの顔。

（みんな、オレが死んだって聞いたら、なんて言うかな。悲しむかな？）

しばらくすると、看守が牢屋の鍵《かぎ》を開《あ》けて、カズヤの足についた鎖を外した。しかし、屈強《くつきよう》な看守に二の腕《うで》をつかまれたままでは、逃げることもできなかった。

どうやら、処刑は広場で行うらしい。カズヤは看守に引きずられるようにして、広場の真ん中に連れてこられた。どんな方法で処刑されるのかはわからない。

看守が何か叫んだ。処刑の合図だろうか。カズヤはぎゅっと目をつむった。

すると、広場の中心部を取り囲んだ人たちが、声をそろえて、

「エイプリルフール！」

と叫び、続いてわれんばかりの歓声をあげたのである。その中には、きょとんとしているカズヤを指さしながら、腹を抱えて笑っているスズキの姿があった。

「いやいや、そんなの笑えねぇよ……」

渦巻《うずま》く笑いと歓声の中、カズヤだけが苦々しい顔でつっ立っていた。

ねんど人形

「美咲《みさき》は目が大きくて、いいなあ。涼美《すずみ》は脚《あし》が細くてモデルみたい」

亜湖《あこ》は、中学二年生。いつも、友だちのことをうらやましがってばかりいる。

「ママったら、どうしてあたしをこんな体型に産んだのよ。目は一重《ひとえ》だし、脚だって太くてさ。これってママの血だよね」

「何言ってるの。亜湖はじゅうぶんかわいいわ」

ママの言葉に、亜湖はそっぽを向いた。

ある日のこと。小学生の妹の瑠々《るる》が、ねんど遊びをしていた。

「お姉ちゃんも何かつくってみてよ」

気乗りのしないまま遊びはじめたが、やってみると楽しい。カラフルなねんどを丸めたり伸《の》ばしたりして、亜湖はミニスカートの女の子を、瑠々は、コロンとした形がかわいい、愛きょうのあるお人形をつくった。

「お姉ちゃん、上手ー。それ、だあれ？」

「ふふ、あたしだよ」

亜湖は、自分の願望を形にしていたのだ。すると、瑠々は大きな声で笑った。

「あははは、全然似てなーい。瑠々のつくったほうがお姉ちゃんにそっくりだよ！」

亜湖の頭に、カーッと血がのぼった。

「どこが似てんのよ！」

亜湖は瑠々の髪《かみ》を引っ張り、瑠々のねんどの人形を、ぎゅうっとつぶしてしまった。

「ひどいよ、お姉ちゃんのいじわる！」

瑠々は、びっくりするほど大声で泣き出した。ママが飛んできた。

「いったいどうしたの？」

「だって、瑠々ったら、あたしのこと太ってるって。目も小っちゃくて、かわいくないって」

「うそ。そんなこと言ってないじゃん！」

「瑠々なんかに何がわかるのよ！」

亜湖は瑠々を突《つ》き飛《と》ばした。

「亜湖、いいかげんにしなさい！」

「ママもうるさい。みんな大嫌《だいきら》い！」

亜湖は、自分の部屋に駆《か》け込《こ》むと、大きな音でドアを閉《し》めた。

「だれも、あたしの気持ちなんかわからない。わかるもんか！」

亜湖は、机に突っ伏して泣いた。

さんざん泣いているうちに、いつのまにか眠《ねむ》っていたらしい。ふと目を覚ますと、スタンドの明かりだけがついていた。

突っ伏していた学習机の上に、さっきつくったミニスカートのねんど人形が座っている。瑠々の人形を壊《こわ》した時に、いっしょにひしゃげたままの形だ。

「こんなとこに持ってきたの、だれ？　もしかして、ママ？」

その時だ。目の前の人形が、突然《とつぜん》こう言ったのだ。

『ねえ、亜湖。あたしがあなたの願い通りにしてあげる』

「きゃーっ！　ねんどが……しゃべった……」

『さあ、まず、あたしの脚を細く長くしてごらん』

ねんど人形は、座ったまま、のたのたと亜湖のほうにはってきて、こう言った。

「脚を？　どうして？」

『じれったいわね。いいから、早く！』

人形がイライラしたように言った。亜湖は、恐る恐るねんど人形を手に取ると、机の上に寝かせて、脚を細く長くした。

『よくできたわ。さあ、立ってごらんなさい』

言われた通りに立ち上がると、かかとの高いくつでもはいているような感じがして、亜湖は思わずよろけた。

「あれっ？」

背が高くなったみたいな気がする。でも、どうして？

『ほら、そこの鏡で全身を見てごらん』

亜湖は目を疑った。鏡の中の亜湖の脚は、スラリと長く、まるでモデルの脚のように細くなっていたのだ。

『どう？　気に入った？』

「これがほんとに、あたし？」

『びっくりするのは、まだ早いわ。さあ、次はウエストよ』

人形は、今度は自分のウエストを細くするように言った。

「い、いいの？」

『いいから、やってごらん』

ねんど人形を直し、また鏡の前に立つと……。

「わあー」

自分がまるで別人のようだった。細く長い脚に、きゅっと締まったウエスト。でも、どこか不自然だ。

「腕《うで》ももっと細く長くしないと、バランスが悪いわ」

『どうぞどうぞ、遠慮《えんりょ》なんていらないから、やってみて』

ねんど人形がウインクした。

亜湖は、鏡の前で自分に見とれた。こんな体型にあこがれていたのだ。でも、肝《かん》心《じん》なところが直ってない。そうだ……。

「顔も……直せる？」

『あったり前じゃん！　いいから、好きなようにやってみな』

亜湖はまず、ねんど人形の鼻をつまんで高くした。それから、尖《とが》った鉛筆の先で、大きな目に描きかえ、まつげもバッチリ描いた。

「これでどう？」

半信半疑《はんしんはんぎ》で鏡の前に立つと……。

「ひゃーっ！　何これ。お、おばけー！」

亜湖の顔は、まるでアニメの登場人物のようになっていたのだ。それも、かなり下手くそな人が描いた……。

改めて全身を見ると、手足の異様な細さも、ウエストの締《し》まり具合も、なんて気持ちが悪いのだろう。人間じゃないみたいだ。

「もうわかったわ。お願い、前の姿に戻《もど》して」

『自分で変えたんだから、自分で直しなさいよ』

人形は、冷たく言った。亜湖は、あわてた。でも、直せば直すほど、鏡の中の自分は変な顔になり、体型も不自然になり、どんどん気味の悪い姿になっていく。

「元に戻らなくなっちゃった。お願い、助けて！」

『甘えるな！　亜湖が望んだことなんだから、その姿で生きていきなさい』

「どうしよう、どうしよう」

亜湖は泣き出した。だが、ねんど人形はクックッと笑うばかりだ。その時、机の上を、何かがコロコロと走ってきて亜湖の人形に体当たりした。瑠々がつくったひしゃげたねんど人形だ。どうしてここに？

「あたしのお姉ちゃんに何するの！　お姉ちゃんは、そのまんまがいいんだから。

そのまんまがかわいいんだから。早く元に戻しなさい！」

その瞬間《しゅんかん》、突き飛ばされた？　と思ったら、瑠々が抱きついていた。

「お姉ちゃん、さっきはごめんね。あたし、そのまんまのお姉ちゃんが大好きだから、あんなこと言っちゃったの。謝るから、もう泣かないで」

亜湖はあわてて自分の体をたしかめた。すっかり元の姿に戻っている。部屋の入口で、ママが心配そうに見つめていた。

「ママ、瑠々、ごめんなさい！」

亜湖は心からそう言って、あふれる涙《なみだ》をぬぐった。

優しい天使

異常気象が続いている。

世界の国々の関係は日増《ひま》しに悪化。

ますます格差《かくさ》が広がる社会。

凶悪《きょうあく》な犯罪が、毎日のように起こっている。

「恐怖の黒魔王《くろまおう》」なるものが、地球を破滅《はめつ》へ導いているという噂《うわさ》が、まことしやかに流れている。

天の国では優しい天使が、もうずっと長いこと、心を痛《いた》めていた。

(みながみな、何かしらの恐怖を抱えて日々を過ごしている……)

ある時、天使は神に相談した。

「私は人間たちの恐怖を取りのぞき、安らぎを与えてあげたいのです」

すると、神はこう言った。

「では、おまえは人の姿をして、人間界へ行きなさい。そして、人間たちを恐怖に陥《おとしい》れているものを探るのです」

「はいっ！」

天使は深々と頭を下げ、神の命令に感謝した。

（人間たちを恐怖に陥れるもの。その原因さえ取りのぞけば、みなおだやかに過ごすことができるのだ）

地上に降りたった天使は、まず、子どもたちの恐怖を先に取りのぞくべきだと考えた。

そして、あどけない子どもの姿をして、小学校へまぎれ込んだ。

「ああ、嫌《いや》だなあ」

さっそく耳に入ったその声を、天使は聞きのがさなかった。

「何が嫌なの？」

「忘れ物、しちゃったんだ。今月、もう三回目。先生にたくさん叱《しか》られて、連絡帳にも書かれちゃった。だから、家に帰ったらお母さんにも叱られちゃう」

「ふーん」

（子どもたちは、叱られることを恐れている）

と、天使は人には見えないメモ帳に記録した。

すると、どこからともなく、ため息が聞こえてきた。天使はすぐに駆《か》けつけた。

「どうしたの？」

「給食が嫌いなの。好きな食べ物が出ないんだもん。なのに、たくさん食べなさいなんて、ひどいわ」

「ふーん」

天使は、またそっとメモ帳に記録した。

「ああ、マラソン大会なんて嫌だなあ。疲れるから、走りたくないよ」

「今日も習い事なんだ。やだやだ。たまにはのんびり遊びたいよ」

「あっ、今週、うさぎ小屋の掃除《そうじ》当番だ。嫌だな。うんちがくさいんだもん」

そんな声が、ひっきりなしに聞こえてくる。

あっというまに、天使のメモ帳は真っ黒になっていった。

（なんということだ。子どもたちを恐怖に陥れているものは、私が思っていた以上に多い……）

次に、天使は中学校や高校へまぎれ込んだ。

「あ、明日身体測定じゃん。体重、去年より増えてたらどうしよう？　死んだほうがマシ！」

「もうすぐバレンタインか。だれからもチョコをもらえなかったりして。ああ、恐ろしすぎる」

「遊園地に行く話、私だけ誘《さそ》ってもらえなかったみたい。たまたまかな？　これから誘われたらいいけど、まさか仲間外れにされてるの？　でも、聞くのも怖い！」

「ああ、もうすぐ受験か。模擬《もぎ》試験ですらおなかが痛くなるのに、本番なんてどうなることやら……」

天使のメモ帳は、あらかた埋《う》まってしまい、もう書くところがほとんどなかった。

（こんなにも恐れているものがあるとは。いったい、何から取りのぞくべきか……）

恐れているものが多いのは、小中高生だけではなかった。

大人たちもまた、さらに多くの恐怖を抱えていたのである。

「うちの会社、最近売り上げ悪いだろ。ボーナスもカットされるかも……。マンションのローンだってあるのに、困るよ」

「うちの会社なんて、リストラが増えてるらしいぜ。今度はオレかもって、恐怖しかないよ」

「友だちがみんな結婚しているのに、彼氏すらいないなんて。私、このまま結婚できないのかしら？　ひとりで老後を過ごすなんて、さみしい……」

「うわ、最近しわが増えたなあ。体力もおとろえているし。年を取るのが怖い！」

「この前の検査《けんさ》でひっかかって、再検査なんだ。大きな病気だったらどうしよう？」

天使が予想していた、資源が使い果たされること、核戦争が起こること、地球の環境がますます悪化することなどによる恐怖よりも、みな、もっと身近で個人的な恐怖に悩まされているのだった。

天使はもはや、メモを取る気力を失っていた。次から次へと、泉のように湧《わ》き出《だ》す恐怖は、きりのないことに思われた。

（いや、しかし、私があきらめるわけにはいかない。どうにかして、人々を恐怖から救わなくては。それが、私に与えられた使命なのだ。何か、ふさわしい方法があるはずだ）

優しい天使は、人々のためを思って、悩みに悩んだ。

そして、ある時、とうとうすばらしい解決策を思いついたのである。

天使はすぐに天の国へ戻《もど》り、神に耳打ちした。

「なるほど」

神はそう言って、ゆっくりとうなずいた。

そして、おもむろに立ち上がると、手にした杖をひと振りした。

こうして、地球は爆発し、あとかたもなく消え去った。

(これでいい。これでよかったのだ。これで、子どもから大人まで、みなが抱える恐怖がすべて消えたのだ)

優しい天使は、にっこりと微笑《ほほえ》んだ。

天使はその優しさゆえ、人々が何よりも恐れていた、「恐怖の黒魔王」と化したのだった。

サンタクロースの悩《なや》み

突然《とつぜん》だけど、僕《ぼく》、黒井陽太《くろいようた》はサンタクロースだ。

何を言っているんだと思われるかもしれないが、条件を満たした中学三年生までの子の家に魔法《まほう》でプレゼントを届ける『世界サンタクロース協会』という秘密の組織があり、僕の家は代々その日本支部に所属しているんだ。テレビ番組で取り上げられるような楽しげなものではなく、だれにも知られることなく肉体労働にいそしむやつだ。

だから僕は、別に白ひげのおじいさんってわけじゃない。年齢《ねんれい》はもうすぐ十八歳。ふだんはごくフツーの高校三年生だ。

そして、もうひとつ突然だけど、僕はサンタクロースを辞めたい。

理由はある。自分自身、まさかこんなことになるなんて思いもしなかったから、どうしていいのかわからないんだ。よかったら、僕がこの気持ちに至るまでの経緯を聞いてほしい。

……というか、聞こえてるかい？　こうやってみんなに話しかけているこれも、サンタクロースが使える魔法なんだ。といっても、この通信の魔法を使うのは初めてなんでどうも自信がない。他人の家の鍵《かぎ》を開ける魔法なら頻繁《ひんぱん》に使うんだけどね。

え？　空き巣みたいだって？　冗談じゃない。子ども部屋にプレゼントを置くためにしか使ってないよ。ああ、プレゼントかい？　うん、出せるよ。魔法で。ただしいろいろと条件があって、メーカーがシリアルナンバーを登録しているものなんかはダメ。同じナンバーのものがこの世に二つあったらおかしいだろ？　ゲームとか電子機器はだいたいアウトだね。あと、契約が必要なスマホとかもダメ。お金なんてのもぜったいムリ。そういうのを欲しがってる子は、条件を満たしていないと判断されるけどね。まあ、ゲームくらいなら自腹で買ってあげるって人もいるらしいけど、基本的にはルール違反。

さて……本題だ。

あれは、僕がまだ中学一年生のころだから、今から五年前だね。その年は、父さんが雪道で転んでぎっくり腰になったせいで、僕が代理を務めることになった。サンタクロースのデビューとしては早い年齢だったけど、緊急だからしかたがなかった。

でも、まちがいだった。やめておくべきだったんだ。まさにその初仕事で、僕はサンタクロースにとって禁忌《タブー》とされていることをしてしまった。

僕は、プレゼントを配りに行った先で見かけた、とあるひとりの女の子が、気になってしまったんだ。

誓《ちか》って恋愛感情とかじゃなかった。少なくとも当時はね。相手もまだ小学四年生だったし。でも、理由は何であれ、だれかを特別な目で見ちゃダメなんだ。サンタクロースはどの子にも平等でなくちゃいけないから。寝顔はまあ……かわいらしいと思ったけど。

それで、その子の何が気になったかっていうと、『お願い』の内容なんだ。たまに風習にのっとってくつしたにお願いを書いた紙を入れる子がいて、あった場合はなるべくそれを叶《かな》えてあげるんだけど、その子のお願いは、僕には手も足も出ないものだった。

『健康な足が欲しい』……そういうお願いだった。

その子、足が不自由だったんだ。ベッドの脇《わき》には車椅子《くるまいす》があった。どういうわけだかそういうお願いは、条件から外されない。昔からそうなんだってさ。

どうすればいいのかわからなかった僕は、自分に出せる中で一番高価な、女の子向けの人形を置いていったんだ。女の子だし人形なら喜んでくれるよなって思って。その翌朝《よくあさ》、プレゼントを渡《わた》した子の様子をのぞく魔法で、彼女の様子を見てみたんだ。彼女は目を覚ましてすぐに、枕元《まくらもと》に置かれた人形の存在に気づいた。でも、それを手に取ることはなく、自分の足を叩《たた》いて泣きはじめた。そして、かんしゃくを起こしたように人形をつかみ、頭上《ずじょう》に振り上げ……そのまましじっと何か考えてから、ゆっくりとそれを枕元に戻《もど》した。「ごめんね」と笑顔をつくりながら。そのあと一階からお母さんに呼ばれると、さっきまでの様子が嘘《うそ》みたいに明るく返事をして、人形のことを報告していた。

僕は、何とも言えない気持ちになった。やりきれないというか、悔しいというか。それまでは、だれにも知られないサンタクロースなんて地味でキツいだけの損な役割だけど、子どもたちを笑顔にしてる父さんを誇らしいって心の中では思ってた。でも、急に、サンタクロースって何なんだ、って思った。何もできないじゃないか、って。

僕はそのあともその子のことが気になって、クリスマスが過ぎてからも様子を見に行くようになった。それで彼女の年齢や通っている学校なんかがわかったんだ。彼女の名前は、白根美沙希《しらねみさき》。学校での友だちは多く、楽しくやってるみたいだ。移動はいつも車椅子だけど、謙虚で、人に優しく、クラスメイトの相談相手にもよくなっていて、足が不自由なことなんて何も気に病んでないように振るまっている。彼女の本当の気持ち……クリスマスにあんなお願いをしていることは、きっとだれも知らないだろう。そう、僕以外は。

翌年《よくとし》のクリスマスから、僕は自分からサンタクロースを務めることを買って出て、正式に父さんから役目を引《ひ》き継《つ》いだ。プレゼントを楽しみにしている子どもたちのために、っていう気持ちはもちろんあるけど、理由の半分は美沙希ちゃんのことだった。

僕はどうしても美沙希ちゃんを喜ばせたくて、毎年毎年、頭をひねってプレゼントを置いた。女の子の好きそうなものや、学校で流行《はや》っているものを必死に調べたり、かわいい服はどうだろうと思ってファッション誌を読みあさったり、足が不自由でも楽しめるものを探したり。健康な足なんて僕の力じゃどうやってもプレゼントできないから、それ以外の方法で笑顔にしたくて、自分なりにがんばってきた。だけど……彼女のお願いは、毎年変わることがなかった。プレゼントを見た時の表情も、毎年同じ、悲しそうな笑顔。その年も、次の年も、次の年も、その次も、ずっと……。

去年のクリスマス、僕は彼女の寝顔を見ながら泣いてしまった。『健康な足が欲しい』と書かれた紙を握《にぎ》りしめたまま……どうしても涙《なみだ》が止まらなかった。小さな声で、彼女に謝った。ごめん、って。ごめん、僕ではきみの欲しいものをあげられない、ダメなサンタクロースでごめん、って。

今年、僕はバイトしてお金を貯めて、彼女のためにネックレスを買ったよ。わかってる。こんなものじゃ彼女は喜ばないってことは。でも、せめて彼女にはこんなふうにキラキラした未来が待っていてほしいって、そういう願いを込めた。これをプレゼントして、もう今年でサンタクロースは辞めるって父さんに言うつもりだ。彼女も今年で中学三年生。プレゼントをもらえる最後の年。とうとう人に笑顔を届けることのできなかったサンタクロースなんて、失格だろ？　それに、こんな気持ちを抱えたまま続けるなんて、僕にはできない。

さて、そろそろ0時か。今のうちに美沙希ちゃんの部屋へ行こう。

え？　忘れたのかい？　今日はクリスマスじゃないか。サンタクロースが魔法を使えるのは、イブの日とクリスマスの二日間だけって決まってるんだ。魔法でひとっ飛び、で、ほらもう彼女の部屋だ。寝顔は……やっぱりかわいらしいな。

少し気が重いけど、今年もお願いを確認しなきゃ。……あれ、くつしたがないな。どこだろう。いつもは枕元にあるのに。机のほうかな？　あれ、これは……手紙？


『サンタさんへ。

毎年プレゼントをありがとうございます。いつも私のことを考えて選んでくれているのはすごく伝わっていたけど、私の本音を言える相手はサンタさんだけだったので、無茶なお願いを書き続けてしまいました。ごめんなさい。

私は去年、実はあの時起きていて、サンタさんを見てしまいました。それで、私のためにあんなに泣いてくれたサンタさんのことを、好きになってしまいました。だから今年のプレゼントは「サンタさん」をお願いします。私の、精一杯の告白です。』


背後で彼女が身を起こした気配がする。起きてたのか……。

僕はバカだ。なぜ思いつかなかったんだ。僕が彼女の足になってあげればよかったじゃないか。こそこそしないで、堂々と、ずっと……。

やばい。涙が出てきた。早く顔を拭《ふ》かなきゃ。ネックレスを渡して、自己紹介をしなくちゃいけなくて……ああ、話したいことがたくさんあるな。

みんな、ごめん。ここで通信の魔法を切るよ。

聞いてくれてありがとう。それじゃあね。

メリークリスマス。

止まらない列車

「ああよかった。なんとか乗れそうだ」

ホームに続く階段を駆《か》け上《あ》がって、英太《えいた》は息をついた。友だちの結婚式のあと、久しぶりに昔の仲間と飲んで、ついつい遅くなってしまったのだ。郊外のさびれた駅で、この列車をのがすと、乗り換え駅の終電に間に合わない。ほどなく列車が滑《すべ》り込《こ》んで来た。

「ずいぶん古い車両だなあ。ほかの路線のお古かな」

鉄さびと同じような赤茶けた色の車体は、一時代前のもののように見えた。目の前で止まった列車のドアを見て、英太はぎょっとした。頰《ほお》のこけた老人が、ガラスに張りつくように立ち、瞳孔《どうこう》まで開いたような目で、まじまじと英太を見つめていたのだ。

視線を無視するように乗り込むと、車内はガランとして、ほかに乗客はいなかった。

「あれ？　まさか回送列車じゃないよな」

その時、英太の前に、スッと文庫本が差し出された。

「長丁場だ。これを読んで行きなさい」

さっきの老人が、真顔で本を差し出していた。その手は震《ふる》えていた。

「え、長丁場？　何がですか？」

思わず受け取った瞬間《しゅんかん》、老人はホームに飛び降りた。ドアが閉《し》まる間際《まぎわ》のことだった。

「おい！」

その時、英太はおかしな光景を見た。老人はガッツポーズをして膝《ひざ》から崩《くず》れ落《お》ち、泣き笑いの顔でこっちを見たのだ。深く刻《きざ》まれたしわの中のくぼんだ目は真っ赤で、その顔は恐ろしかった。いったい、どういうことだ？

列車は走り出した。今の駅から乗ったのは、やはり自分ひとりらしい。変だな、と思いながらも、気を取り直し、英太は手の中の文庫本を見た。『止まらない列車』だって？　題名まで不安をかき立てる。

英太は、何気なくパラリと一ページ目を開いた。酔《よ》いも回っていたが、寝すごすよりはましだと思ったのだ。物語はひとり旅をしている主人公の男が、列車に乗り込むところから始まった、ひとり語りのように短いストーリーが続いていく構成らしい。一ページ目はこんな言葉で始まっていた。

『人生は列車の旅のようなものだ。次の駅でまた新たな物語が始まる。どの駅で降りるのか、それは自分しだい。そして、運命しだいなのである』

どこかで聞いたような書き出しだと思ったが、読み始めると、英太は夢中《むちゅう》になってしまった。はっと顔を上げると、もう次の駅に着いていて、まさに今、ドアが閉まったところだった。止まったのにも気がつかずに本を読みふけっていたのだ。そこは『発端』という駅名だった。

「ほったん?」

変な駅名であることよりも、二話目のタイトルと同じであることに英太はおどろいた。でも、とにかく今はこの続きが読みたい。最初のうちは終電の乗《の》り継《つ》ぎを心配していたが、その不安は、本を読み進めるうちになぜかうすれてしまった。そして、二話目の終わりにはこんな言葉があった。

『次の駅で降りることもできる。だが、時には二駅飛ばしてその先へ。それも人生だ』

(二駅、飛ばす……)

不思議と英太にはその意味が理解できた。列車は駅に差しかかり、スピードをゆるめていた。英太は、慎重《しんちょう》にページをめくり、注意深くふたつの物語を飛ばした。すると……。ゴーッ！　突然《とつぜん》速度があがり、列車は駅を通過した。そして次の駅も……。英太の心臓は飛び出しそうだった。だが、そのドキドキはワクワクにも少しだけ似ていた。やがて列車は五つ目の駅に着く。開いたページの物語のタイトルは『同乗者』。駅名もやはりまた同じだった。本を読み進めるのと列車の進行は、完全にリンクしているのだった。

ドアが開いて、ひとりの少女が乗ってきた。少女は、英太の向かい側に腰かけた。『同乗者』はこんなふうに始まる。『偶然の出会いもまたひとつの縁《えん》である。持ち物を惜《お》しみなく与えれば救いの道は開ける』。やがて、少女は英太にこう尋《たず》ねた。

「お兄ちゃん、その本、おもしろい？」

「ああ、おもしろいよ」

英太は、さり気なく本を隠《かく》しながら、つっけんどんに答えた。

「よかったら、その本、あたしにくれない？」

「だめだね、俺《おれ》のなんだから」

英太は、自分でもおどろくほど意地悪《いじわる》な口調で言った。読書の邪魔《じゃま》をされたことに苛立《いらだ》っていたのかもしれない。少女は、英太をじっと見つめて、言った。

「ふうん、残念ね。チャンスだったのに」

「チャンス？」

その時、列車は次の駅に着いてドアが開いた。少女は立ち上がり、ホームに降りた。

「もう間に合わないわ。さよなら。本を手放せば、ここで降りられたのに」

そこは『分岐点《ぶんきてん》』という駅だった。ドアが閉まる瞬間、英太の耳に、『すみれが丘行き最終列車は二番ホームから間もなく発車です』というアナウンスが届いた。

向かいの二番ホームに停車していたのは、英太が乗るべき列車だったのだ。

走り始めた車内で、英太はぼんやりと考えた。いったい自分は何をしているのだろう。あそこで乗り換えるべきだったのだ。いや、もっと早く降りるべきだった。でも、まだ本を読み続けたい。その気持ちがあまりに強くて、胸《むね》が躍《おど》るようだ。すると急に窓が暗くなった。トンネルの中に入り、向かいの窓に自分が映っていた。

「ウソだろ？……」

英太はぎょっとした。窓には初老の男が映っていた。白髪《しらが》まじりの頭に、疲れた顔つき。口もとには深いしわが刻《きざ》まれている。それはまぎれもなく自分で、この本を手渡《てわた》してきた老人にそっくりだった。

「いかん、次の駅で今度こそ降りよう。タクシーを使ってでも帰るんだ」

さーっと酔いがさめ、恐ろしくなってきた。だが、手の中の本が呼んでいる。

『続きを読め！』

　本がしゃべったのか？　それとも車内アナウンスだろうか。英太は逆らえなかった。ああ、どんどん引き込まれていく。『途上《とじょう》』『大詰《おおづ》め』『山場《やまば》』『土壇場《どたんば》』……。駅名とともに物語は加速する。ちがう、俺は降りたいんだ。そう心の中で叫《さけ》びながら、もはや、顔を上げることすらできない。……そうだ！　読み終えてしまえ。そうすればきっと降りることができる。降りればなんとかなるはずだ！

　ページは残り少なくなり、主人公も、旅の終わりを予感しているような口調になってきた。いよいよだ！　だが、物語の最後は、こうしめくくられていた。『最後の駅でこのドアの前に待つ者がいたら、この本を手渡し、列車を降りよう。だれもいなければ旅は振り出しだ。永遠のループか、新たなる旅か。きみの運命やいかに！』

（えっ？　ドアの前にだれもいなかったら、降りられないってことか……？）

　英太は本を握《にぎ》りしめ、ドアの前に立った『おわり～終里《おわり》～』。列車がゆっくりホームに滑《すべ》り込《こ》む。最初の駅に戻《もど》ってる！　だれか立っててくれ！　……列車が停まった時、ドアの前にいたのは、ひとりの若者だった。学生だろうか。不安そうな表情で、英太を見ている。やった！　こいつに渡せば自分は……。

だが、ドアが開いて若者が乗ろうとした瞬間、得体の知れない感情が英太を襲った。俺は人を犠牲《ぎせい》にして助かるつもりなのか？　何の罪もない人間を。俺だってそうだ。こんなことに巻き込まれっぱなしで、永遠のループなんて、そんなこと、許されるか!!

「ダメだ、乗るな！」

うお〜っ！　若者を押し戻し、雄《お》たけびとともに本を引きちぎると、英太は閉まりかけたドアから飛び降りた。ダメだ、片足が挟《はさ》まれた！　だが、列車は走り出していた。

「降りるんだ。俺は降りるんだ〜っ！」

ホームの端まで引きずられたところで、英太の意識は途切《とぎ》れた。

ある朝、ホームの下で気を失っていた男を、駅員が見つけた。片方の靴はなく、ボロボロにちぎれた本を握りしめていた。調べてみると、一年前に友人の結婚式の帰りに行方不明《ゆくえふめい》になった男だった。病院に駆《か》けつけてきた家族と友人はおどろいた。白髪に深いしわ……。まるで何十歳も歳を取ったような顔つきになっていたからだ。

フェイクニュース

美月《みづき》は電話を受けると、ハキハキと答えた。

「はい、ぴかぴかテレビ局カスタマーサービス……」

「です」は、怒鳴《どな》り声にかき消された。

「また、フェイクニュースを流しやがって。だから、マスコミは信じられないんだ！」

今朝《けさ》から、同じような怒鳴り声の電話が、ひっきりなしに続いている。

美月はひたすら相づちを打ち、謝罪の言葉をくり返した。

「申しわけございません。ご意見ありがとうございます」

こうした電話がひっきりなしにかかってくるのは、「ニュース番組の内容は、放送局が情報を操作《そうさ》している」というコメントが、インターネット上で拡散されているせいだ。

「いい情報をありがとう」という電話もあるものの、クレームの電話のほうが圧倒《あっとう》的《てき》に多い。

美月は、ふーっと、大きく息を吐いた。

「結局、人は自分が信じたい情報しか、欲しくないのよね」

ニュース番組をつくっている報道局では、どういう番組をつくるべきか、毎日のように議論していた。

「どんなに手間ひま掛《か》けて取材をしても、欲しい情報しか欲しくないなら、事実を伝える必要はないのではないか」

「このままだと、インターネットに視聴者を奪《うば》われます」

見てもらえないなら、放送局としてニュース番組を続けられない。

人はなぜか、何を根拠《こんきょ》としているのかわからない情報でも、「マスコミが伝えたがらない」とか「マスコミの闇《やみ》を暴く」いう一文がつくだけで「これぞ、真実だ」と信じたがる傾向《けいこう》にある。

「陰謀説《いんぼうせつ》とか、好まれますよねえ」

「まあたしかに、世界を裏で操《あやつ》っている組織や人物がいたら、おもしろいもんなあ」

「悪者をつくって否定すれば、自分は善人側だと思えますよね」

「正義感をくすぐられると、シェアしたくなりますしね」

「一方にとっての正義は、他方にとってはちがうという観点を意識しないと、関係のない人を陥《おとしい》れることになるかもしれないよなあ」

「シェアしたくなるのは、情報の発信者が人の心理をよく心得ているってことでしょう」

「人が心の底で欲しがっている情報を、与えているってことか」

プロデューサーは頭を抱えた。

「どうしたものか……」

一年後。

朝のニュース番組で映し出されたのは、いつもとはちがうスタジオだった。

アナウンサーが、ニュースを読み上げる。

「国立地球研究所より、大規模な地殻変動が起きる兆候がみられる、との発表がなされました。五時間後の記者会見で、あらためて変動地域、規模、被災予想について解説がなされる予定です」

研究員による会見映像に切り替わると、テレビ画面の下に、テロップが入った。

——このニュースについて、次のうちから好きな情報をお受け取りください。
①このニュースは、そもそもウソである。
②このニュースは、世界を裏で操る組織の陰謀である。
③日本にはまったく被害はない。
④日本列島全体に異変が起きる。
⑤地球の大陸が大移動する。
いっせいに、カスタマーサービスの電話が鳴《な》り響《ひび》いたが、電話に出る者はいなかった。

応答したのは、自動音声。

「お電話ありがとうございます。次の中から、今のお気持ちに近い答えの番号をプッシュしてください」
①選択ニュースは、すばらしい。
②選択ニュースは、もう嫌《いや》だ。
③どちらでもない。
そのころ、美月は同僚《どうりょう》たちとともに、海外の空港に到着《とうちゃく》したところだった。

「バスは、こちらでーす」

ガイドさんが、テレビ局のロゴが入った旗を振る。美月たちはキャリーケースを引いて、ガイドさんについていった。

美月は同僚に話しかけた。

「まさか、移転するとはびっくりだね」

同僚がうなずいた。

「でも、よかった。家族も連れてこられたし」

「うん。安全な場所に来られてよかった。地殻変動は十～二十年ぐらいで落ち着くみたいだから、そのうち日本に戻《もど》れるよね」

「それまで、この国の暮らしを楽しめるね」

美月は弾《はず》む足取りで、バスに乗り込んだ。

ガイドさんが、マイクを握《にぎ》った。

「みなさま、長旅お疲れ様です。テレビ局の新社屋には、ここから三十分ほどで到着いたしまーす」

目ヂカラ女子

あたしの名は瞳《ひとみ》、高校一年生。

「チャームポイント？　名前の通り、目かな」と目ヂカラこめて相手を見つめる、そんな自分になりたくて、日々奮闘中。寝不足で目の下にクマとかスマートフォンの使いすぎで白目が充血《じゅうけつ》、なんてぜったいなし。目玉ぐるぐる運動で血行をよくして、パッチリキラキラな目。まぶたも専用ノリで、「奥二重《おくふたえ》」から「くっきり二重」になりつつある。

高校はメイク禁止だから、学校のある日は「え〜、素顔《すがお》だし〜」って押し切れるくらいのナチュラルメイク。これはこれでテクニックがいる。休日には、いろんなアイメイクに挑戦し、百円ショップやドラッグストアをまわって、メイク用品を買い集める。

あたし、アイメイクに関しては、ちょっと自信あり。

　今日は日曜日。猫目《ねこめ》メイクに挑戦しよう。これは目尻《めじり》がポイント、猫の目のようにキリリと、魅惑的《みわくてき》に。せかされたり邪魔《じゃま》されたりするのが嫌《いや》だから、メイクは自分の部屋で机に鏡を立ててする。まずはアイシャドウをうすくぼかし、次にアイライナーで目頭《めがしら》から目尻にかけてアイラインを引き、目尻で自然にはね上げる。注意点は、目の粘膜《ねんまく》を化粧品でふさがないこと。炎症《えんしょう》とか目のトラブルのもとになるそうだ。それから、まつげをビューラーでカールさせ、マスカラをぬる。仕上げは、目尻に猫目用つけまつげ。

　メイク完了。あたしはもともとヒトミが大きいから、カラコンはしない。目にぐっと力を入れて鏡を見つめる。どうよ？　鏡の中からあたしがぐっ、と見つめ返してくる。なかなかの迫力……あれ？　これ、あたしの目？　なんか、微妙《びみょう》に、ちがわない？

　鏡の目の迫力に押されてまばたきする。鏡の目は、まばたきしていないように見えた。

　部屋を出る時、視線を感じた。気のせいに決まっている。けれど外に出て歩道を歩いている間も、駅の階段を上っている時も、電車の中も、友だちと待ち合わせしたあとも、視線がつきまとった。しかも、だんだん強くなる。ストーカー？　何度振り返っても、それらしい人はいなかった。友だちには自意識過剰《じいしきかじょう》だって笑われた。

翌朝《よくあさ》。学校用ナチュラルメイクをしていたら、鏡の中の目がまばたきした。えっ？

自分のまばたきって、見えるもの？　鏡に向かって、やってみる。再現できない。じゃあ、さっきのは……気のせい？

無理やり気のせいにして、ダイニングへ向かった。そしてテーブルに着くなり、悲鳴をあげた。目玉焼きの黄身に〈目〉が！　切れ長の〈目〉があたしをにらんでる！　でも、悲鳴におどろいた両親がお皿を見た時には、普通の目玉焼きに戻《もど》っていた。

「ホラー映画の見すぎだろ」とパパ。

「具合悪いの？　病院へ行く？」とママ。

あたしはホラー映画なんて見ないし、病気でもない。ひとりで家に残るのも嫌だし、学校で友だちに話して笑い飛ばされたほうがいい。いつも通り登校することにした。家はマンションの六階。エレベーターを呼んで、扉《とびら》上部の階数表示を見上げる。⑥にランプがついたと思ったらそれが〈目〉に変わり、あたしを見下ろした。

あたしは悲鳴をあげて階段をかけ下り、マンションを飛び出す。視線を感じて、交差点まで走り続け、息を整えながら、歩行者用信号が青になるのを待つ。そばの街路樹に顔を向けたら、木の節穴《ふしあな》から〈目〉がのぞいている。いやっ。横断歩道を走る、また視線。車用の信号に〈目〉が三つ並んで、その目玉があたしを追って動いていた。やめてっ。

もう余計なものは見ない。足元だけ見て走る。それでも、足元の地面にまで〈目〉は現れた。気味悪いし、踏《ふ》んで恨《うら》まれるのも怖いから、そのたびに跳《と》びはね、走った。

やっとのことで学校に着いて、友だちに泣きついた。でも友だちと一緒《いっしょ》だとそれは現れなくて、アイメイクノイローゼじゃないかって。とにかくもう現れなかったから、ちょっと安心した。その日は鏡を見ずにメイクを落として、早寝した。

そして今朝《けさ》。制服のブラウスに着替《きが》えようとしたら、五個のボタン穴が、すべて〈目〉だった。ブラウスを脱《ぬ》ぎ捨《す》て部屋を飛び出そうとしたら、ドアにも〈目〉がいっぱい。中でもドアノブからはみ出しそうな大きな〈目〉が迫力ありすぎて、怖い。あたしをにらみつけている。ドアノブにさわれない。声も出ない。ダイニングにいる両親に助けを求めようとスマートフォンを手に取る。操作《そうさ》する前にスマートフォンが鳴って、覚えのない画面が出た。

「目目連・もくもくれん」ってタイトルと絵。障子《しょうじ》にたくさんの目が描いてある。

絵の下に「目の妖怪《ようかい》」って説明もある。

ドアの〈目〉たちに向かって、おそるおそる聞いてみた。

「あんたたち、もくもくれん？」

ドアの〈目〉がそろってまばたきした。YES《イエス》らしい。

「あたしに、なんか恨みでもあるの？」

今度は半分閉《と》じかけのまぶたの下で、目玉が左右に動く。NO《ノー》らしい。ほっとして、ボスっぽいドアノブの〈目〉に問いかけた。

「じゃあ、なんで、つきまとうの？」

〈目〉がもの言いたげにあたしを見つめる。スマートフォンがまた鳴って、猫目メイクの画像が次々出てきた。

「もしかして、猫目メイク、して欲しいとか？」

〈目〉が、パチパチまばたきした。それから、上目づかいで、じっと見つめてくる。

これ、あたしもよくやるから、わかる。「おねがーい」だ。

そういうわけだったの。腕《うで》を見込んでってことね。よし、やってあげようじゃないの。あたしは、メイク道具をドアの前に並べ、床《ゆか》にあぐらをかいた。

「あんたは一重《ひとえ》まぶただから、アイラインを太めに引いて、目尻でくいっと上げて切れ長を強調しよう。アイシャドウはゴールド系《けい》かな……ってまぶたがほとんどないね。あ、へこまないで。つけまつげ、してあげるから。ほら、クールビューティー」鏡に映してやる。〈目〉はキラキラとかがやいて、消えた。すぐに次の〈目〉がドアノブに移動した。期待して、目をいっぱいに開いている。

その時、背中に強烈な視線を感じた。あたしは、そろりと部屋を振り返る。

天井にも壁《かべ》にも床にも家具にも、びっしりと〈目〉が現れ、あたしを見つめていた。

目は口ほどにものを言う。みな、わくわくと、待っている。

住みたかった家

とある若夫婦が家を買った。念願のマイホームだ。

「夢が叶《かな》ったわあ。汚さないように、大事に住んでいかなくちゃね」

「ああ、そうだね」

喜ぶ妻の顔を見ながら、夫はひそかにため息をついた。

実は夫と妻の家の好みは、初めからかなりちがっていた。

妻は、洋風のメルヘンチックな家が好きだ。レンガの壁《かべ》にレースのカーテン。おしゃれなカフェみたいな雰囲気《ふんいき》を夢見ている。いっぽうの夫は古い家が好き。それも、木造《もくぞう》、築数十年みたいな昭和レトロ。古い曇《くも》りガラスや、重厚《じゅうこう》な瓦屋根《かわらやね》にあこがれている。

話し合いのすえ、結局、新居は妻好みの家となった。

(これがぼくの終《つい》のすみかか。やれやれ……)

しかたなくあきらめた夫だが、実は、その家に決めたのにはもうひとつ理由があった。斜《なな》め向かいに、たまらなく夫好みの古い一軒家《いっけんや》が建っているのだ。

「うわあ、この家、いいなあ」

住む家を見に来たというのに、夫の目はこっちの家のほうに釘づけだった。古い家なのに手入れが行き届いていて、ほれぼれする。

「目の保養だからな」

家を買って住んでからも、散歩の途中でいちいち立ち止まっては見とれている夫に、妻はイラッとしていた。

「あんな古い家のどこがいいのよ」

妻はいつも、動かない飼い犬のリードのように、夫の手を引っ張らなければならなかった。

ある日曜日、夫は二階の窓から外を眺《なが》めた。やわらかな日差しが、斜め向かいのあの家の瓦屋根を照らしている。

「やっぱりいいなあ。ちょっと、目の保養をしてくるか」

幸い、妻は趣味のパンづくりに夢中《むちゅう》だ。

「コーヒー切らしてるから、そこまで買いにいってくるわ」

何気ない調子で声をかける。

「あんまり遅《おそ》くならないでよ。ほら、今日はマイホーム祝いに友だちが来るんだから」

「わかってるって」

サンダルをつっかけて、夫は外に出た。

「しかし、どんな人が住んでるんだろうなあ。会ってみたいな」

あの家の前を通りかかった時だ。

家の中から、ジリリリーンと大きな電話のベルが鳴《な》り響《ひび》いている。

(これって、ひと昔前の黒電話の音か？　それとも、スマホの着信音？)

だが、音は妙《みょう》に生々しく、いっこうに止む気配がない。

その時、カーテンの向こうに、ちらりと人の気配がした。

(なんだ、人がいるのか。でも、どうしてだれも出ないんだ。耳が遠いのか？　これじゃ近所迷惑《めいわく》だ。ぼくがひとこと言ってこよう)

夫はひそかに心がおどった。今思ったことは口実にすぎない。この家の中が見られるという誘惑《ゆうわく》に、ウズウズした。これはチャンスだ！　胸《むね》が高鳴る。

「よし、行くぞ」

夫は決心した。だが、かなりの音量であるにもかかわらず、道行く人がだれも気に留《と》めていないことには少しも気がつかなかった。

「おや？」

いつもはきっちり閉《し》まっている鉄の門が、今日は十センチほど開いている。ギーッと開けて敷地の中に入ると、後ろでひとりでにガチャンと閉まった。

苔《こけ》むした飛び石をたどり、ドアの前まで行くと、その横に貼《は》り紙《がみ》があった。『使用人募集』と書いてある。

（へえ、今時使用人なんて。とんでもないお金持ちか？）

古びた呼《よ》び鈴《りん》を鳴らしたが、だれも出てこない。真鍮《しんちゅう》のドアノブを握《にぎ》ると、まるでだれかが中から押したように楽に開き、気がつくと、玄関《げんかん》のたたきに立っていた。

「なんてすてきな家なんだ！　想像した通りだ」

中に入ると、古い家具も調度品も、すべてが好みだった。鳴り続ける黒電話は、居間の奥にあった。夫は吸《す》い寄《よ》せられるように受話器を取って耳に当てた。

「もしもし……」

『ヨクキタナ。マッテイタンダ』

ざらざらとした、昔の録音のような気味の悪い声だった。

その時、背後で人の気配がした。ぎくっとして振り向いて、心臓が飛び出しそうになった。そこには、初老の男女と、上品なワンピースを着た若い女性と、丸メガネの青白い顔の少年が立っていたのだ。

「すみません！　あの、電話が鳴り続けてたもんで……」

しどろもどろに説明したが、四人は表情を変えなかった。むしろ、何かに怯《おび》えているようにおどおどして見えた。

家族のようだが、みんな妙に他人行儀《たにんぎょうぎ》だ。着ている服はひと昔前のデザインで、まるで古いタンスから引っ張り出してきたように色あせている。

「これでそろったわね。ま、あたしたち、どうせ出られやしないけど」

「『家』の機嫌《きげん》が良くなれば充分《じゅうぶん》さ。それに、われわれも少しは楽ができるだろうよ」

初老の男女はあきらめたように笑った。男は、棚《たな》の上の写真を指さした。

「この家には、昔この家族と猫《ねこ》と使用人が暮らしていたんだ。幸せな日々だったが、あとを継《つ》ぐ者もなく、空家になった」

「……空家？」

「にぎやかだったころの毎日を、この『家』は忘れられないのだ。そして、この家に興味を持った者を惹《ひ》きつけ、こうして閉《と》じ込《こ》めてしまうんだよ。永遠に」

「バカな……じゃあ、あなたたちは？」

「赤の他人よ。あなたと同じくこの家にそそのかされ、『家族』として集められたの」

「そういうことだ。紅茶《こうちゃ》を入れてくれないか。そこのティーセットでね」

男が、いきなり高飛車《たかびしゃ》に命令した。

「なぜぼくが？」

「わからないのかね。きみは、使用人として雇《やと》われたのだよ。この家にね」

「この家の家族は、これで完璧《かんぺき》ってわけよ。それにあなたもずっと、この家に住みたかったんでしょ？」

「じょ、冗談だろう」

夫は、恐る恐る部屋を見まわした。日の当たる揺《ゆ》り椅子《いす》には猫が寝ている。だが、近寄《ちかよ》ってみると……それは眠《ねむ》ったままミイラになっていた。

「うわーっ」

悲鳴をあげて振り向くと、さっきの家族は全員、服を着たガイコツになって、テーブルを囲んでいる。

「な、なんだこれは。夢を見てるのか？」

あっ、窓の外の道を、妻が歩いていく。買い物に行ったまま帰らない夫を探しているのだ。

「おーい！　ここだ！　おーい！」

声は届かない。古いカーテンからほこりが舞い上がった。

「さあ、使用人さん。今日から掃除《そうじ》はあなたがするのよ。ちゃんとしないと、家が怒るわよ。それはそれは、怖いんだから……」

そう言って、ワンピースのガイコツは、カタッと崩《くず》れた。

ウラハラ

「私、一年の時からずっと、宮本《みやもと》くんのことが好きだったんだ」

ツンと鼻をつく薬品臭《やくひんしゅう》がただよう、とある理系《りけい》大学の午後の研究室。部屋にふたりきりになったのを何度も確認して、アスカはついに告白した。

しかし、クールな理系男子の代表みたいな宮本くんは、眉《まゆ》ひとつ動かさないで、

「そう。でも、ぼくはきみのこと好きじゃないな」

とだけ言い、研究室をあとにしたのだ。

宮本くんのシャキッと伸《の》びた背中。初めて会った時、猫背《ねこぜ》のアスカは、自分とは正反対の彼のまっすぐな背中に心ひかれた。

その背中がぐんぐん遠くなる。アスカは下唇《したくちびる》をぐっとかみしめた。

やっぱり、そうだよね。私なんか……。

「ハロー」

のんきな声がして、チナツが入ってきた。

「あれ、アスカじゃん。どうしたの？　暗い顔して」

「うん、実は……」

アスカの話を聞いたチナツは、

「そうだよね。アスカ、相当好きだったもんね」

と神妙《しんみょう》な顔つきになった。

励《はげ》ましの言葉を探して、ぼんやりと研究室を見渡《みわた》しているうち、チナツは急に何かを思いついて目をかがやかせた。

「アスカ、まだあきらめちゃダメ！　これは、ひょっとしたら、ひょっとするよ！」

「なんで？　慰《なぐさ》めようとして、変な期待させないでよ」

「これを見て！」

チナツが指さしたのは、テーブルの上に置かれたミネラルウォーターのペットボトルと、プラスチックのカップだった。

「アスカに告白される前、宮本くんはこのペットボトルの液体を、カップに注いで飲んでいなかった？」

「たしか研究室へ来てすぐに何か飲んでいたような……。でも、液体ってただの水でしょ？　教授が買ってきたのが冷蔵庫に入っていて、いつもみんな飲んでいるじゃない」

「それが、今日はただの水じゃなかったのよ！」

チナツは得意そうに、ペットボトルの側面をアスカの目の前につきつけた。

よく見ると、ラベルのところにピンクのマジックで♡マークが書いてある。

「なあに、これ」

「これ、私がつけたマーク。入れ物がなくて、ミネラルウォーターのペットボトルに入れたけど、中身はただの水じゃないの。でも、無味無臭だから、飲んだ人は水だと思うだろうけど」

「それで、これがいったい何なの？」

「ホレ薬！」

「えっ⁉」

「と言いたいところだけど、実は失敗しちゃって……」

実験オタクのチナツが言うには、ホレ薬をつくろうとしたけどうまくいかず、飲むと好きな人に向かって「好きじゃない」と嘘《うそ》をついてしまう薬ができたらしい。

「だから、宮本くんがこれを飲んだあとにアスカに告白されて、『きみのこと好きじゃない』って言ったのなら、アスカにもまだ可能性があるってわけ」

「うーん、そんなことあるかなあ」

アスカは困惑《こんわく》した。

でも、告白した時の宮本くんの態度は、あまりにそっけなかった気もする。それも、もしかしたら薬のせい？

「ああ、もうっ！　なんでそんなややこしい薬を置いておくのよ。ちょっと期待しちゃうじゃない」

「処分しようと思ってた時に、バイト先から電話がかかってきて忘れてたの。大《だい》丈夫《じょうぶ》、人体には無害だよ」

「でも、宮本くんが飲んでいたのは、本当にこれだったのかな？」

アスカは必死に記憶の糸をたぐりよせようとした。しかし、ふたりきりになったら告白する！　という考えで頭がいっぱいで、正直そんなことには気がまわらなかったから、どうにも思い出せない。

「量が減ってるし、だれかが飲んだことはまちがいないわ」

「そうだとしても、そのだれかが彼とは限らないよね？」

「そうだね。本人にたしかめるのが一番早そう。私がたしかめてくるよ」

チナツがそう言った時、研究室に白山《しらやま》教授が入ってきた。

「こんにちは」

「おお、きみたちか」

教授はそう言いながら、例のプラスチックのコップを手に取った。

「おや、ここにペットボトルがあったはずだが……」

「え？　もしかして、これですか？」

チナツが例のペットボトルを見せると、教授は、

「ああ、そうそう。さっき飲みかけていたんだ」

と言ってふたりのほうへ歩《あゆ》み寄《よ》ってきた。

ところが、アスカの顔を近くで見ると、突然《とつぜん》、

「私は、きみのことなんて好きじゃないぞ！」

と言い出したのだ。それも何回も……。そのくせ、言葉とはウラハラに頬《ほお》を赤らめている。

アスカとチナツは顔を見合わせ、苦笑いを浮《う》かべた。

ちなみに白山教授は今年で六十五歳。学生たちに陰で「おじいちゃん」と呼ばれている。

夢屋《ゆめや》

私は、虎山経理《とらやまけいり》部長。

月曜の朝。通勤路に新しい店がオープンしていた。看板《かんばん》は、明るいパステルカラーの渦巻《うずま》きを背景に、紫色《むらさきいろ》の文字で〈夢屋〉。

むむ、これは、いわゆるメルヘン系《けい》か？　しかし何の店だか、さっぱりわからんぞ。もっと的確に伝える店がまえを考えるべきだ。

頭の中で批判しながら歩調をゆるめ、さりげなく店内に目をやる。店内にはこれまたピンクや黄色、明るい色の短冊《たんざく》がペタペタと貼《は》ってある。

〈きみはヒーロー、世界を救え〉〈いやされモフモフ〉〈きゅんきゅん♡しよ？〉

ますます、わからん。子ども向けか、それとも高校生あたりをねらっているのか？

だが、ここはビジネス街だぞ。これは、早々につぶれるな。

そう結論づけて通りすぎようとしたとき、店内の女性ふたり連れが目に入った。

む、あれは、わが社の女子社員じゃないか。出勤前の寄り道《よみち》は感心せんな。仕事に向けるべきエネルギーが減る。早く来たなら、仕事に向かう準備でもすればいいものを。

前に向き直り、足を速め、いつもと同じ始業三十分前に会社に着いた。〈虎山物産〉は私の祖父が創立、父が現社長、そしてこの私が会社の財布《さいふ》を預かる経理部長を任されているというわけだ。

「虎山部長、おはようございます」

十名いる部下の大半はもう出社して、仕事に向かう準備を整えつつある。私の指導のたまものだ。と、言いたいところだが、

始業十分前に、寄り道女子ふたりが騒がしく入ってきて、ぶち壊《こわ》した。

「夢玉《ゆめだま》、買っちゃった！」

「お！　昼休みに行こうと思ってたのに、先越された」

「いくらぐらいだった？」

「安くて五百円、オプションつきや、オーダーメイドで、数万円のもありましたよ」

騒がしいのは腹立たしいが、どういう商品を扱《あつか》っているのかは気になる。私は、

「いったいなんのことだ」

と、苦々しい表情で女子社員を見る。

「夢調合飴《あめ》です。〈飴玉ひとつ、夢ひとつ〉ってコマーシャル、知りませんか」

なるほどあれか。ビジネス雑誌《ざっし》で紹介していたな。

「飴玉で、好みの夢を見られるというやつだな」

渋い表情を崩《くず》さないままそう言えば、すかさず課長が合いの手をうつ。

「さすが、部長。よくご存《ぞん》じで」

「自己暗示を利用した子どもだましの商品だ。いい大人が振りまわされてどうする。現実と向き合いたまえ。そしてきみらの現実は、今からはじめる仕事だ」

そこで始業チャイムが鳴った。もっと説教してやりたいがしかたない。仕事第一だ。

「きみ、コーヒーをいれてくれたまえ。ミルクなし、砂糖はスプーン一杯」

そう締《し》めくくった。女子社員の不満顔に「自分でやれば？」と書いてあるようだし、実際そんな言葉を聞いたこともあるが、無視する。部長が自らコーヒーをいれるなんて、みっともない。部長には貫禄《かんろく》が必要なのだ。

その日の午後、夢玉を買ったと騒いだ女子社員が、集計をまちがえた。そら見たことか。みなの前でしっかり叱《しか》ってやった。

「出社前に寄り道なんぞするから、仕事にミスが出る。社会人としての自覚と責任をもちたまえ。まわりが迷惑《めいわく》する。会社はきみのミスに給料を出しているわけではない」

私は経理部長。会社の不利益を見逃《みのが》すわけにはいかないのだ。集計は、残業でやり直させた。女子社員のデートの約束なんぞ、知ったことではない。

翌朝《よくあさ》。いつも通り、始業三十分前に会社に入る。部下が全員、出社していた。しかも席に着くや、昨日叱った女子社員がコーヒーを運んできた。

「おはようございます。虎山部長」

「うむ、おはよう」

昨日の説教が効《き》いたようだ。私は満足し、コーヒーを口に運ぶ。うむ、うまい。

〈夢屋〉の前で歩調をゆるめるのが習慣になった。日々変わらぬ出勤風景の中、この店だけが変化している。パステル調だった看板は濁《にご》り、店内の短冊も色あせ白っぽくなっている。オープンしてまだ日も浅いのに、妙《みょう》な店だ。

ある朝、泥色《どろいろ》になった看板を見上げ、足が止まった。黒文字で〈悪夢屋《あくむや》〉とある。不吉だ。店内には、白地に墨字の、お札のような短冊が貼られている。

〈見切り玉　五百円〉〈並玉《なみだま》　千円〉〈上玉　二千円〉〈オプション　各千円〉

〈オーダーメイド　三万円〜〉

「いらっしゃいませ」

突然《とつぜん》声をかけられ、ぎくりとした。いつのまにか、男が目の前に立っていた。

「い、いや、通勤途中だ。客ではない……のだが」

「店主でございます。お尋《たず》ねになりたいことがあるのでは、と思いまして」

そういうことなら、せっかくだ、聞いてみよう。

「うむ。悪夢の飴玉なんぞ、買うやつがいるのかね」

「結構、需要がございまして」

と、店主がひかえめに笑う。

「たとえば、憎い上司に〈覚めぬ夢〉。部下にコーヒーをいれさせる上司なら、砂糖代わりに夢玉を溶《と》かすだけ」

実は最近、出勤風景ばかりをくり返し、会社にたどり着けないでいた。まるで悪夢だとあせっていたのだが……。まさにその通りだったわけだ。そうか、ここは覚めぬ夢の中か……。私は店内の短冊に目を泳がせる。

「部下は、いくらの夢玉を、買ったのかね」

せめて、経理部長にふさわしく、オーダーメイドであってくれ。
店主は、同情の笑みを浮《う》かべただけであった。

裏《うら》サンタとユメ

ねえ、『裏《うら》サンタ』って、知ってる？

友だちの友だちが言ってたんだけどね、裏サンタは、どんなプレゼントでもくれるんだってさ。たとえ形のないようなものでも、なんでも。でもね、そのかわりに……。

有愛《ゆめ》にとってクリスマスは、つらい日だった。二年前のクリスマスの日、三つ年上の兄が有愛をかばって交通事故にあい、以来ずっと病院のベッドの上で昏睡状《こんすいじょう》態《たい》にあるからだ。有愛はこの兄をどうしても助けたかった。

そんなある日、有愛は通っている小学校で『裏サンタ』という都市伝説を聞いた。クリスマス当日、両親が兄のお見舞いに行っている間に、有愛は自分で小さなケーキをひとつだけ買った。それを使って、裏サンタを呼び出す儀式《ぎしき》を行うのだ。

野菜をすりおろしてつくった苦い汁《しる》をケーキにかけて、声を出さず一気に食べ、目を閉《と》じて、「裏サンタさん、出てきてください。わたしは甘いケーキだけを食べたがる欲張《よくば》りな子ではありません」と呪文《じゅもん》を三回唱える。目を開けると、有愛は自分のまわりが真っ白い霧《きり》に包まれていることに気づいた。

「ワタシを呼び出したのはキミかな？」

どうしてすぐに気づかなかったのだろう。目の前に、ボロボロの黒いタキシードを着た背の高い男が立っている。おじいさんではない。若い男だ。細い体を「く」の字に曲げたような猫背《ねこぜ》に、ぼさぼさの長い髪《かみ》。冷たい眼《め》がじっとこちらに向けられている。

この不気味な男が裏サンタ……。有愛はごくりと喉《のど》を鳴らして立ち上がった。

「は、はい。わたしが裏サンタさんを呼び出しました」

「キミはタダでプレゼントを欲しがるような欲張りな子かな？」

裏サンタの質問には、裏サンタが気に入るように答えなければならない。

「いいえ。わたしはタダでプレゼントを欲しがるような欲張りな子ではありません」

「いいだろう。では、ワタシはキミにどんなものでもプレゼントしてあげよう。形のないものでもかまわないよ。そのかわり、ワタシもキミから大切なものをもらっていくからね。プレゼント交換、というわけだ」

「はい。裏サンタさんからプレゼントをもらうかわりに、わたしも大事なものをプレゼントします」

裏サンタは、口が耳まで裂《さ》けるような不気味な笑顔になった。

「欲張《よくば》りではない、いい子だね。どんなプレゼントが欲しいのかな？」

ついにこの時がきた。有愛は震《ふる》える声で、必死に叫ぶ。

「わたしの……わたしのお兄ちゃんを助けてほしいんです！」

兄のこと、事故のこと、有愛は裏サンタに話した。兄はよく「有愛はとても優しい子だね」とほめてくれたが、兄のほうが何倍も優しかったということも。兄を目覚めさせたい。そして、事故以来すっかり暗くなってしまった家族に、以前のような明るさを取《と》り戻《もど》したい。心からの願いだった。

「なるほど、なるほど」

裏サンタは、不気味な笑顔のまま、何度もうなずいてこう言った。

「いいだろう。キミのお兄ちゃんを、健康な体に戻してあげよう。そのかわり、キミのお父さんとお母さんの命、それから、キミのクラスメイト全員の命をもらっていくよ」

有愛はおどろいて、両手を振って止めた。

「待って！　待って！　みんなの命って……そんな、そんなのダメだよ！」

「どうしてダメなんだい？　お兄ちゃんが元気になって、キミは一緒《いっしょ》に過ごせるんだよ？　それなのに、さらにみんなも幸せだなんて、それはちょっと欲張りなんじゃないかな？」

「それは……」

裏サンタの口は弧を描いているが、目は少しも笑っていない。有愛は恐怖で震えた。

しかし、ここであきらめるわけにはいかない。有愛は声をしぼり出した。

「じゃ、じゃあ、あの時の事故で、お兄ちゃんがわたしを助けなかったってことにして！　わたしが……わたしがお兄ちゃんのかわりになるから！」

裏サンタは、細い指で頭をかきむしり、大げさになげいた。

「おお、なんと欲張りな子なんだ。そんなプレゼントをあげるからには、キミが今まで出会った人すべての命をもらっていくよ」

「そ、そんな……どうしてさっきよりもたくさんの命をもらおうとするの？　わたしが身代わりになるのに……」

「人の子はすぐに『思い出は大事だ』とか言うくせに、こういう時には都合よく忘れてしまうのかな？　キミは『時間』というものの大切さをわかっていないね。過去を変えたら、キミと関わったいろんな人の思い出が消えてしまうんだよ？　これは大変なことじゃないか」

「そ、それは……」

「かつてこんな子がいた。大好きなキャンディーが欲しいと言って、大事にしていたぬいぐるみをワタシに差し出してきたんだ。それならキャンディーを一粒《ひとつぶ》あげよう、とワタシは言った。しかしその子は、一粒では足りないと言う。だからワタシは、その子がぬいぐるみと過ごした思い出ごとすべてもらうことにした。大切だったぬいぐるみが存在ごと消えてしまっても、その子は手に入れた瓶入《びんい》りのキャンディーを頰張《ほおば》っていたよ。すてきな話だろう？　なぜかその子は、食べながら泣いていたけどね」

裏サンタは、不思議だと言わんばかりに、首をかしげた。

「さて、では時間を戻してあげよう」

「ま、待って！　プレゼントを変えるから！」

有愛は、なんとか兄を助けるために、それからいくつかの条件を出したが、どうしても犠牲《ぎせい》のほうが大きくなってしまう。一日だけでもいいから兄の意識を戻してほしい、というお願いですら、何人かの命を要求されるのだ。どんなものでもプレゼントしてくれるかわりに、対等以上の代償《だいしょう》を要求してくる。裏サンタはそういう存在なんだと理解し、有愛は呼び出したことを後悔《こうかい》した。

「もういい……。何もいらない。もう帰って！」

すると裏サンタは、ゲッゲッと奇妙《きみょう》な笑い声をもらした。

「それがキミの望みなら、帰ってあげよう。では、ワタシが帰るというプレゼントのかわりに、キミのお兄ちゃんの命をもらっていくよ」

「えっ！　ええっ！」

「どうせずっと眠《ねむ》っているんだ。お兄ちゃんの命がなくなったところでキミにとってはたいして変わらないだろう？」

「やめて！　他のお願いにするから、帰らないで！」

有愛は裏サンタにすがりつこうとしたが、そこに見えているはずの体をするりとすり抜《ぬ》けてしまった。恐怖と、どうしようもない絶望《ぜつぼう》で、有愛は涙《なみだ》が止まらなかった。

しばらく考えてから、有愛は泣きながら顔を上げた。

「もしも……もしもわたしの命と引きかえだったら、どんなプレゼントをもらえる?」

「ふうむ。その質問にはサービスで答えてあげよう。キミの命と引きかえならば、そうだな……キミのお兄ちゃんを五分だけ目覚めさせてあげよう」

有愛はその場でぺたりと座り込み、うなだれた。裏サンタは両手を広げてまた笑う。

「どうしたんだい? たった五分でも目を覚ますんだ。すてきなプレゼントだろう?」

有愛は服の袖《そで》でごしごしと目元を拭《ふ》いて、決心したように立ち上がった。

「ねえ、もしも……お兄ちゃんの夢の中で一緒に過ごしたりお話ししたりするとしたら、どれくらいの時間できる?」

「夢の中なら現実に影響はないからね。一か月くらいは一緒に過ごせるだろうね」

「それでも命だけじゃ一か月しかもらえないのね。……わかった、じゃあ……」

有愛は、決意を込めた目と、精一杯の皮肉を込めた笑みを、裏サンタに向けた。

「キャンディーの話を教えてくれてありがとう。おかげで、もっと長い時間お兄ちゃんと幸せに過ごす方法がわかった。あなたのおかげよ。欲張りな裏サンタさん」

思わぬ反撃に、裏サンタはおもしろくなさそうに顔をしかめた。

病院のベッドで身を起こしているのは、やせ細った青年だった。泣きはらした目の両親に支えられ、白衣を着た医師と何やら会話している。

「そうですか。ぼくは十年も眠っていたんですね」

医師も両親も「奇跡だ」と喜んでいる。しかし、青年はしばらく会話すると、浮《う》かない顔でうつむいた。

「ぼくは、眠っている間、ずっと夢を見ていました。この十年の日々を幸せに過ごし、思い出をつくっていくという、心があたたかくなるような夢でした。その夢の中には、いつも妹が出てきました。その夢は、妹からぼくへのプレゼントだって言ってました。ははは……変な夢ですよね」

力なく笑って、青年は窓の外を見た。

「何度も同じことを聞いてすみません。本当にぼくに妹はいないんですか？」

窓の外には、雪。この雪の向こうに、何か大切なものが消えていってしまったような気がした。

最初で最後の恋《こい》

中学二年の夏。

コトリはミハルを「海に行こう!」と、誘《さそ》った。

海まではバスで一時間半。中学生だけで行くには、結構、遠出になる。

「親の見守りなしで友だちと海に行くの、初めて」

「なんか、大人になった感じ?」

コトリとミハルは、はしゃいでバスに乗り込んだ。

だが、三十分後。

ギギー、ガガガッ!

耳をつんざく破壊音《はかいおん》がして、コトリの視界がぐらりと反転した。窓ガラスが砕《くだ》け散《ち》っていくのが、まるでスローモーションのように見える。

気がつくと、コトリは地面に倒れていた。

　ガソリンの嫌《いや》な臭《にお》いが鼻をつく。まわりには、バスの部品や乗客の持ち物などが散らばっていた。

（何？　何が起きたの？）

　起き上がろうとするが、力が入らない。

　ふと、黒いT《ティー》シャツを着た男の人が見えた。倒れている人を抱き起こそうとしている。

「た、助けて……」

　コトリの声に、男が振り向いた。

　さらりと前髪《まえがみ》が揺《ゆ》れ、切れ長の目がコトリをとらえる。

「おまえはまだ生きている。がんばれ」

　その言葉を聞いて、コトリは気を失った。

　翌日《よくじつ》、コトリが目を覚ますと、お父さんとお母さんの顔が見えた。

「コトリ、気がついたか？　コトリッ」

　コトリの名を連呼《れんこ》するお父さんの横で、お母さんが泣いている。

　コトリはぼんやりと、まわりを見た。

「ここ、どこ？」

「病院だよ」

コトリは、ミハルと乗ったバスが横転したのを思い出した。

「ミハルは？」

「無事よ。打撲《だぼく》だけだったから、手当てを受けて家に帰ったわ」

「よかった……」

コトリは起き上がろうとして、「うっ」と、うめいた。体のあちこちが痛《いた》い。

まもなく医師が来て、コトリに説明した。

「コトリさんは右手と足を骨折《こっせつ》していて、腰や肩にも打撲を負《お》っています。しばらく入院して、少しずつリハビリをしていきましょう」

コトリは数日後から、足や腕《うで》の関節を曲げたり伸《の》ばしたりするリハビリをはじめた。

だが、思うように体が動かない。無理に動かすと、痛みが走る。

一週間たっても自力で立ち上がることができず、ひとりではベッドから車椅子《くるまいす》に移れなかった。

「なんで立てないの？」

コトリは自分の太ももを、叩《たた》いた。

悔しくて、つらくて、どんどん気持ちが落ちていく。

さらに追い打ちをかけたのは、見舞いに来た同級生の言葉だった。

「ミハルは事故のショックから、家を出られなくなったらしいよ」

コトリは、ガツンと頭を殴《なぐ》られたようなショックを受けた。

(私のせいだ。私が海に行こうなんて誘《さそ》ったから……)

コトリは、自分を責めた。

(海になんて行かなければよかった。大人になったみたい、なんて調子に乗って。だから、こんなバチが当たったんだ)

リハビリをやる気になれず、サポートしてくれるスタッフには「疲れた」と言って休むようになった。

数日後、コトリはレントゲンを撮《と》るため、車椅子に乗って、廊下《ろうか》で待っていた。

すると、向こうから黒いTシャツの男がやって来た。事故現場で倒れた人を抱き起こしていた、あの男だ。

「あっ」

声をあげたコトリを、男が見た。

「ああ、あの時の……。元気そうじゃないか」

気さくな言い方に、不思議と気持ちが楽になる。親しい先輩と話しているようだ。

「ちっとも元気じゃないですよ」

思わず言い返すと、男はにっと笑った。

「なに、しょげてんだ。助かって、よかったじゃないか」

「よくない。こんなにつらいなら、あの時、死んでしまえばよかった……」

勢いでもらしたコトリの言葉に、男の表情がさっと曇《くも》った。

「人は自分で生死を選べない。人には、それぞれの人生でやるべきことがあるんだ。おまえも命があるうちは、やるべきことをやれ」

男の言葉は、ずしりと重くコトリにのしかかった。

コトリが黙《だま》り込《こ》むと、男は再びにっと、頬《ほお》をゆるめた。

「大丈夫《だいじょうぶ》。これ以上、悪いことにはならないよ」

男は病院の関係者なのか、それからもしょっちゅう見かけた。

廊下ですれちがったり、廊下のつきあたりにある喫茶《きっさ》コーナーでばったり出くわしたり。一言か二言、あいさつを交わすだけだったが、それでもコトリは男に会うとほっとし、リハビリをがんばろうと思えた。

（明日も会いたい）

そう思うようになって気がついた。

（こんなに会いたいと思った人は、初めて。これが恋なのかな……）


入院からひと月がたったある日、ミハルが病室にやって来た。

「ミハル、大丈夫なの？」

コトリが聞くと、ミハルは笑った。

「お見舞いに来たのは私だよ？　なんでコトリが大丈夫って聞くの」

コトリは「あ、えと……」と、ためらいながら言った。

「ミハルは……事故のショックで、家から出られないって聞いたから」

「ああ、うん。しばらくはそうだったけど、もう平気」

「ごめん。私が海に誘ったせいで、つらい思いをさせて」

コトリが言うと、ミハルはぶんぶん首を振った。

「何言ってんの。事故が起きたのは、コトリのせいじゃないでしょ。コトリだって、つらい思いをしたのに」

ミハルがコトリを抱きしめた。

「う……」

目から涙《なみだ》があふれる。コトリは心が軽くなっていくのを感じた。

退院前日の夜、コトリが喫茶コーナーに行くと、あの男がひとり、ソファに座っていた。

「よお、退院が決まったんだってな」

やわらかな微笑《ほほえ》みに、胸《むね》が締《し》めつけられる。

(もう会えなくなるんだ……)

コトリが小さくうなずくと、男は首をかしげた。

「どうした？　あまりうれしそうじゃないな」

コトリは思いきって、口を開いた。

「私……、あなたが好きです。これからも、会ってくれませんか？」

男は静かに答えた。

「それはできない」

コトリはうつむき、ぎゅっと口を結んだ。

「だが、おまえが精一杯生きたら、また会える」

「え？」

顔をあげたコトリに、男は笑顔を見せた。

「約束する。必ず会いにいく」


退院後、コトリが男と会うことはなかった。

コトリは無事に中学を卒業し、高校、大学と進んで、小学校の先生になった。

数年後には結婚をし、娘《むすめ》も生まれた。

そうして忙しく働くうちに、年月が過ぎていった——。


「おばあちゃん、またお見舞いに来るからね」

孫と娘が病室を出ていったあと、コトリはひとりになった。

息が浅くなり、しだいに意識が遠のいていく。

その時、黒いTシャツの男が現れた。

「約束通り、迎えに来たぞ」

さらりとした前髪に、切れ長の目。顔も体つきも、昔とまったく変わらない。

「立派《りっぱ》な人生だった。よくがんばったな」

男の笑顔を見て、コトリはようやく理解した。

男が事故現場にいたのも、病院にいたのも、死者を迎えるため。

コトリは事故で死にかけたため、彼が見えるようになったのだ、と。

「あなたは、死神だったのね……」

コトリはそっと手を伸ばして、微笑《ほほえ》んだ。

お助け地蔵《じぞう》

深夜のバイトが終わって外に出ると、ハンパなく、雪が積もっていた。

「しまった、甘く見てたなー」

さすがにいつものようにバイクで帰るのは無理だ。二駅の距離《きょり》、歩いて帰るしかないか。

「こんな大雪になるってわかってたら、長ぐつ用意してたのになあ」

スマホで調べると、いつもの大通りより、裏通りのほうが自宅に近い。ぼくは迷わず裏通りを選んだ。だがこれが失敗だった。雪かきをしていない道が多く、まともに歩けないのだ。疲れて一休みでもしたら、凍え死ぬかもしれないぞ！　大げさでなく、怖くなった。よりによって、人っ子《こ》ひとりいやしない。

「もう大通りからずいぶん離《はな》れちゃったしな……。ちきしょー、しくじったー」

スマホから顔を上げると、ちょうどお寺の前だった。「お助け地蔵尊」の立て札の横にお地蔵さまはなく、ほとんど雪の積もっていない地面が、丸く五つ、残されていた。

見ると、今しがた雪かきでもしたような細い道が外へと延《の》びている。おっ、帰り道の方角じゃん！　ぼくは足を速めた。ところどころに石のかけらが落ちていて、やたら足をとられるのが気になる。その時、前のほうから、何か聞こえてきた。

……ほ　……ほ　ずりずり　ずりずり

ゆっくり進む後ろ姿が、雪の中にうすぼんやりと見えてきた。やった、人がいた！　ひとりじゃないようだ。あの人たちが、雪かきをしてくれているのだろうか？

えいほ　えいほ　ずりずり　ずりずり　ああしんど、えーいほっと

街灯が暗くてよく見えないが、けっこう小柄《こがら》な人たちだ。おそろいの赤い帽子《ぼうし》をかぶって、何かを引っ張っている。こんな夜更《よふ》けに雪かきをしてくれるなんて、ありがたい！　神さまみたいだ！

「あのう、お疲れさまです。歩きやすくしていただいて、おかげで助かりました」

すると、かけ声はぴたっとやんで、前のほうでだれかが答えた。

「ほほう、それはよかった。声からして、お若い方のようじゃが」

くたびれたような、しゃがれた声だった。まさか、お年寄《としよ》りなんだろうか？

「ええ、まあ……、あの……、何かお手伝いしましょうか?」

なりゆき的に、言わないわけにはいかない。すると、声はいきなり晴れやかになった。

「ほんとかね! のう、みんな。このお若い方が、手伝ってくれるそうな」

(……なんだか、昔話のおじいさんのしゃべり方みたいだ)

すると、うれしそうな声がいくつも返ってきた。

「こんな親切な方に出会えるとは……。長生きはするもんじゃのう」

「よかったよかった。ここはお言葉に甘えようじゃないか」

しかしこんな大雪の真夜中に、お年寄りが雪かきをしているなんて、どういうことだ? その時、一番後ろの人影《ひとかげ》が振り返ると、赤い帽子を脱《ぬ》いで、積もった雪をパンパン払《はら》った。

「う、うわーっ‼」

ぼくは、思わず尻《しり》もちをついた。それは……なんと、

「お地蔵さまだ〜‼」

本物の石の地蔵が五体! 神さまじゃなくて地蔵……。引っ張ってるのは、そ、そり?

「これ、大声を出すでない。近所迷惑《めいわく》じゃろが。わしらはこれから、三丁目の山田《やまだ》さんってじいさまのところに、恩返《おんがえ》しにいくところでな」

「雪の中、じいさまが、このあったかい帽子をわしらにかぶせにきてくれてのう」

「わしらもかの有名なかさ地蔵さんたちを見習って、恩返しをしようと決めたんじゃが、なにぶん、年寄りなもんでのう。重いもんがつらいのよ」

「歩くたびに、ほれ、見てみ。体のあっちが欠け、こっちが欠け。年は取りとうないわ」

「お若いの、わしらからの頼《たの》みじゃ。そりを押してはくださらんか」

「は……はいっ!!」

いやー断れない。これは断れない。断ったら、祟《たた》り……いや、バチが当たるよ〜!

雪をかぶったそりにはなんと、米袋《こめぶくろ》が四つ、大根、白菜、みかんの箱、お菓子《かし》にお酒まで載《の》っていた。オッケーストアのシールが貼《は》ってある。スーパーで買ったんかい!

「長年、お賽銭《さいせん》をへそくりしとった甲斐《かい》があったわ」

「う、うそでしょ。これ、ここまで引っ張ってきたんですか」

年寄りだなんて言ってるけど、たいした力持ちじゃないか! いや、とにかく手伝おう。で、三丁目の山田さんのとこまで行ったら、ダッシュで失礼しよう。

「こうなりゃ全力出すぜ！　せーの、うおおお！」

「こりゃ楽ちん。若いもんはすごいのう」

お地蔵さまたちはみるみるスピードアップして、ついに三丁目の山田さんちまで来た。

ピンポーン。さっさとインターホンも押してあげて、よっしゃ、完了！

「じゃ、ぼくはこれで」と、言い終わらないうちに、ガチャッ。ドアが開いた。やばっ！　ぼくはとっさにそりのかげに隠《かく》れた。地蔵集団が恩返しにきただけでも衝撃的なのに、そこに人間がひとりまざってたら、あやしすぎるだろ！　通報されちゃうよ！

「どなたですか、こんな時間に」

明らかに不審そうな声がした。当たり前だよ、真夜中なんだもん。

「手前ども、お助け地蔵尊でござる。毛糸の帽子のお礼をお持ちしました」

老夫婦が、息をのむのがわかった。

「これはこれは、お助け地蔵さまでしたか」

（うそだろ、フツーに受け答えすんのかよ！）

「こちらのほうが、ご利益をいただいていますのに、そこまでしていただいては」

老夫婦は、そりの上のものを確かめると、言った。

「こんなにたくさん？　いくらなんでも、年寄りふたりでは、食べきれませんよ」

「いやいや、これはほんの気持ちですからのう……」

「では、ひとつだけいただきますから、あとはだれかに差し上げてください」

山田のおじいさんは、迷わずお酒だけ下ろすと、お地蔵さまたちに手を合わせ、

「では、寒いですから、これで」

と、家の中に入ってしまった。カチャッ。鍵《かぎ》かけやがった……。

「……」

なんとも言えない沈黙《ちんもく》が流れ、赤い帽子を突《つ》き合《あ》わせてお地蔵さまたちの相談がはじまった。まさか、こんなことになるとはのう……。ぼそぼそ　ぼそぼそ……。

今しかない。身をかがめて、そーっと立ち去ろうとした時だ。

「お待ちなさい、お若いの！」

どすーんと地響きのような声が引き止めた。なんだよこの威厳《いげん》。今までとちがうじゃん！

「ご親切、痛《いた》み入《い》った。そりごとおまえさんに差し上げよう。ほんの気持ちじゃ」

「ひえーっ、そんな！　……じゃなくて、あの……」

ありがたいけど、家まで運ぶのは重くてムリ！　なんて、言える雰囲気じゃなかった。

「今の若者も捨てたものではないのう。お若いの、よい正月を過ごされよ」

お地蔵さまたちは、あっというまにきびすを返すと、えいほ　えいほ　えいほと、闇《やみ》の中に消えていった。雪はどんどん降ってくる。傘《かさ》も持ってないし、ぼんやりしてたら、マジで死んじゃう。でも、これ、持って帰らなかったら……。

「祟り……。……うおおおお〜！」

へとへとでアパートに着いた時にはもう、明け方に近かった。こんな量の食料、どうすりゃいいんだよぉ。荷物を玄関《げんかん》に入れ、とりあえず風呂《ふろ》に入ってから、SNS《エスエヌエス》を開いた。

『バイトの帰り、雪ん中でお地蔵さまの荷物運びを手伝ったら、お礼に大量の食料もらったんだけど、これどうしたらいいかな？』

『お地蔵さんって　w』『せっかくだから、もらっとけ！　ww』『俺《おれ》にも分けてくれー』

やたらウケた。もちろんだれも真に受けちゃいない。

その時、ひそかに気になっているバイト先の同僚《どうりよう》の原《はら》さんから、メッセージが届いた。

「私、料理得意だから、何かつくりにいこうか？」

ぼくは、椅子《いす》から転げ落ちそうになった。

「ひえーっ、ま、まさか、これって、ご利益……?!」

彼は霧《きり》の向こうへ

入院生活は退屈《たいくつ》だ。

俺《おれ》にとって病院や病室っていうのは、どうやらとても居心地《いごこち》が悪いものらしい。このなんとも言えない不安感は、なんなんだろう。

というか、こんなに入院してたら、せっかく入った高校の授業もみんなから遅《おく》れちまうよなあ。まさかサイアク留年《りゅうねん》……とか。それはちょっとマズいなあ。

ただまあ、身のまわりのことをナースのお姉さんや病院の人がやってくれるのはありがたい。ベッドはいつも清潔《せいけつ》だし、部屋の掃除《そうじ》もしなくていいし、メシも待っていれば出てくる。病院食も思ってたより悪くない。ええっと……昨日は何食ったんだっけ。ま、いっか。今日はリンゴが出てくれたらうれしいなあ。好物なんだ。

おや？　身体《からだ》を起こすまで気がつかなかった。部屋の中に白い服を着たナースらしきお姉さんがいる。ちょうど、部屋のカーテンを開けてくれているところのようだ。

「あら、起きたのね。おはよう」

「ども」

俺は息をのんだ。この人、すげーかわいい。俺より年上だろうけど、まだ二十代の前半くらいに見える。新人さんかな？　そういえば今まで見たことない。髪《かみ》が肩くらいまでの長さで、目がくりっとしてる。……話しかけても大丈夫《だいじょうぶ》かな。

「あー、えっと……はじめまして、ですよね？」

看護師さんから冷たくされることはないってのはわかってたけど、しばらく下を向かれた時にはあせった。そう見えないだけで本当は忙しかったのかもしれない。頭の中にあった段取《だんど》りを俺が壊《こわ》してたら申しわけないなあ、と思った時、彼女は顔を上げてにっこり笑ってくれた。ホッとした。

「はじめまして。調子はどう？」

「あ、うん。悪くないです」

「何かしてほしいこと、ある？　リンゴが欲しいなら買ってくるわよ？」

「いや、そんな、悪いっすよ。自分で行けるんで」

「そう？」

その時、俺は声をあげそうになった。彼女の頰《ほお》に、涙《なみだ》のあとがついていたのだ。

何を言うべきか、何も言うべきではないのか、自分の察しの悪さに歯がゆさを感じていたら、逆に彼女が俺の態度から察したのだろう。気はずかしそうに自分の頰をぬぐって、「ごめんね。気にしないで」と言った。

ひょっとして、嫌《いや》な先輩とかにいびられた、とか？

「……俺、あの、もしかしてタイミングの悪い時に声かけちゃいました？」

「ううん。ちがうの。ちょっと思い出しちゃって」

「思い出す？」

彼女は少し考えたように床《ゆか》の一点を見つめた。こぼれた髪をかき上げる仕草は、すごくきれいだけど、なんだか悲しそうにも見えた。

「ねえ……よかったら、少しだけ聞いてくれる？」

「え？　は、はい……」

ベッドの脇《わき》にあったパイプ椅子《いす》に、彼女は腰かけた。距離《きょり》が近くなって、その顔がよく見えるようになったが、憂《うれ》いを帯びたっていうのはこういうものかと思うような表情だった。俺はベッドで上半身を起こした格好《かっこう》のまま、うなずいた。

「この季節になると、思い出すの。恋人のことを」

恋人という言葉を聞いて、なんだそうかとがっかりし、自分の下心をはずかしく思ったが……ちょっと待った。この表情で言うってことは、もしかして……。

「その、恋人さんって、ひょっとして、もう……」

「ううん。生きてるわ。心配してくれてありがとう」

「あ……そっすか」

彼女の微笑《ほほえ》みに、肩透《かたす》かしを食らった俺は、頭をかくことしかできなかった。でも、次に出てきた言葉に、俺は混乱させられる。

「でもね、恋人だけど、恋人じゃないの。それが悲しくて……」

「恋人だけど恋人じゃない？」

なんだか、謎かけみたいな言い方だ。俺は彼女の話に耳をかたむけた。

それはまだ私が高校生だったころの話。

ほら、はっきりと恋人関係じゃなくても、お互いなんとなく好意に気づいてて、暗黙《あんもく》の了解でペア扱《あつか》いになってる男女っているじゃない？　私にも、そういう相手がいたの。名前はトキオ。

私たちは同じ中学だったんだけど、その時はほとんど接点《せってん》がなくて、高校に入学してから話をするようになって、急速に仲良くなったの。クラスメイトの中には私たちが中学時代から恋人関係だって勘違《かんちが》いしてる子もいたくらいに。

でも、二年生の秋、進路に関するアンケートがあって、卒業後のことを漠然《ばくぜん》と考えた日があったのね。それで、私たちこのまま卒業したらどうなるんだろうって、なんとなくその時の中途半端《ちゅうとはんぱ》な関係にケジメをつけなきゃって思ったの。

それで、トキオも同じことを同じタイミングで考えたらしいのよ。こういう時の相性《あいしょう》って不思議よね。

学校の帰り道、彼は私に、近所の公園に寄《よ》っていこうって誘《さそ》ってきた。なんとなく察するものがあって、彼の自転車の後ろに座ったままうなずいて、言うままに従った。

すごく霧の濃《こ》い日でね。ふだんは霧なんて出ないものだから、なんだかロマンチックだなって、見慣れた公園なのにまるで別の世界に来たみたいな気持ちになってた。

その場所で、トキオに言われたの。卒業してからも、大人になってからも、ずっと一緒《いっしょ》にいたい、って。正式に恋人としてつき合って欲しいって。

彼、泣き出しそうな顔してた。すごく緊張してたんだと思う。私も同じ顔してたかもしれない。彼が私と同じことを考えていたのがうれしくてたまらなくて。

初めてキスした。なんだか誓《ちか》いを立てたような気分だった。

お互い幸せな気持ちでね、霧のせいもあってまわりはだいぶ暗かったけど、少しでも長く一緒にいたくて、彼は自転車を押してふたりで歩いたわ。

俺たちも明日から恋人同士か。何言ってるの今日からでしょ。そんな会話をして、照れくさかったけど幸せだった。

でもね……自転車を降りたからってライトを消してたのがいけなかった。私たちのことに気づかなかった車が突《つ》っ込《こ》んできて、ふたりとも事故に遭《あ》ったの。

私は軽傷だった。とっさに彼がかばってくれたから。

彼は、見た目は軽傷だったけど……脳に強い衝撃《しょうげき》を受けてしまったわ。そのダメージが、彼の高校入学から先の記憶を奪《うば》ってしまった。ふたりが仲良くなっていった日々も、恋人になったあの幸せな日も、彼は忘れてしまったの。

おまけに彼は、『新しく記憶する能力』も失ってしまった。朝、目が覚めると、前日のことをすべて忘れている、そういう状態になってしまったの。その日以来、彼は同じ一日をいつまでもくり返してる。私は彼に、「はじめまして」を言い続けているのよ。

……今日は大学の講義があるから、もう行くね。明日はリンゴ買ってくるから。

そう言って、彼女は病室を出て行った。入れかわりに別の看護師さんが入ってきて、俺は気づいた。あの子の服は白かったけど、ナース服ではなかったことに。
枕元《まくらもと》にかけられた『佐伯《さえき》 時生《ときお》』というネームプレートを見ていると、なぜだか涙がこぼれた。

インタビュー

ええ、よろしくてよ。インタビューには慣れておりますの。何しろ天才ピアニストの母ですから。息子の才能を見出《みいだ》し、開花させたのは、このわたくし。おほほ。このところ体調を崩《くず》してふせっておりましたけれど、今日は気分がいいですわ。

息子が三歳になったばかりのこと。親戚《しんせき》が集まったちょっとしたパーティーで、あの子は年上のいとこがピアノ演奏をするのを食《く》い入《い》るように見ていました。いとこが演奏を終えるやいなやピアノに駆《か》け寄《よ》り、鍵盤《けんばん》に小さな指を乗せ、聞いたばかりのメロディをワンフレーズ、弾《ひ》いて見せましたの。

おどろいたわたくしは、翌日《よくじつ》、息子を音楽教室へ連れて行きました。メロディを一度聞いただけで弾けたことを先生にお話しして、試してもらいましたの。息子はピアノの音色に目をかがやかせ、先生は彼の才能に感嘆《かんたん》の声をあげていましたわ。

わたくし自身は、幼《おさな》いころ、ほんの手習い程度にピアノレッスンに通っただけ。でもモーツァルトやショパンのピアノ曲が大好きで、息子がおなかの中にいるころもよく聞いていましたの。きっとそれが、すばらしい胎教《たいきょう》となったのですわね。

レッスンに通いはじめると、息子はみるみるうちに、才能を伸ばしました。習いはじめて一年たったころには、コンクールで優勝するほどに。

もちろん先生の熱心な指導のおかげもありますけれど、それ以上に、ピアノというのは日々の練習が大切ですの。そのための環境を、親がどれだけ用意してやれるか。それも感性《かんせい》がぐんぐん成長する幼いころに。

わたくし、全力で、あの子に与えましたわ。質《しつ》のよいピアノ、好きなだけ練習できる防音室《ぼうおんしつ》、そして一流ピアニストの演奏。コンサートで幼児連れを非難する人には、きぜんと言い返しました。

「この子は未来の天才ピアニスト、優れた演奏を生で聞く権利があるのです」と。

幼稚園も音楽教育に熱心なところを選んだつもりだったのですけれど、すぐに、失敗だと気づいてやめました。冬に砂場で遊ばせて、指にしもやけをつくらせましたの。天才ピアニストの指をなんだと思っているのでしょう。

ええ、砂場は幼児期の学びの場、という説は存《ぞん》じております。たしかに、一般論としてはその通りでしょう。でも、息子には不必要、むしろ害ですわ。そもそも砂場って不潔《ふけつ》でしょう？　ハトや野良猫《のらねこ》のフンがまじっているかもしれませんわ。ガラスの破片《はへん》がぜったいまじってないと言い切れます？　おお、怖い。

幼稚園に行きたがる息子の、しもやけで赤くなった指をわたくしの両手で包み、言い聞かせました。

「あなたは、天才ピアニスト。この指は砂遊びをするためのものではありません」と。

小学校に入学してからも、似たようなことは何度もありました。たとえば、ドッジボール。突《つ》き指《ゆび》のリスクが高すぎます。調理実習も、指に切《き》り傷《きず》を負ったり、火傷《やけど》をする危険があります。いくら本人が気をつけても、まわりの子の失敗に巻き込まれるかもしれません。冬の雑巾《ぞうきん》がけも、しもやけの原因になるからやめさせてくださいと、学校に申し入れました。

息子の才能を守るための戦いでしたわ。担任の先生に、「生活力を得ることも大切です。お家の手伝いをさせてください」と言われた時は、こう申し上げました。

「先生は、天才ピアニストを育てた経験がおありにならないから」

息子にとっては、手伝いよりピアノの練習のほうが大切なのです。

小学校高学年になりますとコンクールのレベルも上がります。それでも連続して優勝し、天才ピアニストとして世にも知られ、CD《シーディー》デビューもいたしました。このころには、音楽教室ではなく、一流の先生の個別レッスンを受けるようになっておりました。

そうですわね、金銭的負担《きんせんてきふたん》はありますけれど、それも才能きらめく子をもった親の喜び。ええ、おっしゃる通り、元夫の両親からの援助《えんじょ》もございます。孫に才能があるのは、祖父母にとっても心ときめくこと。支援できることはあの人たちにとって幸せなことですわ。

教育方針のちがいで離婚はいたしましたけれど、息子への支援は当たり前です。息子が中学生になってからのこと？　似たようなものですわ。学校に失望しただけ。息子のピアニストとしての活躍《かつやく》を応援してくれる学校を選んだつもりだったのですけれど。

あら、不登校のこともお調べになったの。熱心ですこと。原因は息子の問題発言ですって？　だれが言いましたの、そんなでたらめを。あの子は被害者ですのよ。誤解されたままでは嫌《いや》ですから、お話しいたしますわ。

きっかけは、音楽会の伴奏《ばんそう》を断ったこと。たしかに、息子の断りの言葉は、少し未熟だったかもしれません。天才ピアニストといえども十三歳。あの子は世間慣れしてなくて、ピュアなんです。思うままを口に出してしまいましたの。悪気はないんですのよ。

「できません。こんなレベルの低い合唱の伴奏なんてしたら、指が泣きます」って。

息子の言いぶんは、まちがっておりません。天才ピアニストとしての自覚があるゆえだと、わたくしはうれしく思うほどです。

そもそも、コンクールで連続優勝、自他ともに認める天才、CDデビューもはたしたプロのピアニストに、中学校の合唱の伴奏を依頼しますか。いいえ、依頼ですらありませんわね。無償《むしょう》ですから。

クラス担任がそれをちゃんと、教室で説明すべきだったのです。伴奏を頼《たの》むほうが、おかしいのだと。でもしなかった。そのせいで、クラスメイトから嫌がらせを受けるようになりまして。

のけ者にされ、無視されるようになり。目の前でドアを勢いよく閉《し》められたと聞いたとき、わたくし、怒りと恐れに、震《ふる》えましたわ。きっと、指をはさむことをねらったにちがいありません。なんて子たちでしょう。そんな子を止めることもできない教師に、大切な息子を預けることはできません。

不登校になったのではなく、不登校を選んだのです。家庭教師を雇《やと》い自宅学習させ、試験は保健室で受けさせました。その際には息子を守るため、送り迎えもいたしました。

あの数年、コンクールで優勝をのがしたのは無神経な教師たちのせい。ピアニストは繊細《せんさい》なんです。

ええ、そのあと、自由な校風の高校に進学しました。

ふぅ、疲れましたわ。もうこのへんで、終わりにいたしましょう。

ジャズバンド部に入部したことについて？　嫌だわ、そんなことまでお調べになったの。まったく、ジャズバンドなんて。そんな部、高校には必要ないでしょうに。ええ、校長先生にもそう申し上げましたよ。だから廃部《はいぶ》にしてくださいと。息子が高校に通う三年間だけでもと。

「天才ピアニストの才能を守るために」

聞き入れていただけませんでした。わたくし、学校運が悪くて、嫌になりますわ。

もちろんジャズは、すばらしい音楽ですわ。でも息子の音楽ではございません。ずっとクラシックをやってきたのです。

ジャズでもロックでも、たまに気分転換に聞くのならば、わたくしも何も言いません。あの子も最初はそんなつもりで、ジャズバンド部をのぞいたんだと思います。

けれど部員にとっては、またとないチャンス。天才ピアニストの演奏を手に入れたくてたまらなかったことでしょう。うぶな息子をだますようにして、入部させたんですわ。

息子は、それがいけないことだとわかっていました。だから、わたくしに内緒《ないしょ》にしたのです。

でもね、母親に隠《かく》しごとなんて、無理ですのよ。

いつものように練習するのを見守っていて、何か変だとすぐに気づきましたわ。心ここにあらずというか、曲に乱《みだ》れが出ていました。ですから一度防音室を出て、しばらくしてそっとのぞきましたの。ええ、ジャズを弾いていましたわ。

問《と》い詰《つ》めて、ジャズバンド部のことを知りました。息子にとってマイナスにしかならないことを説いて、退部するよう言いました。けれど、いつもは素直な子が、うなずきませんでしたの。

ですから翌日、ジャズバンド部の活動をのぞきに行きました。息子には内緒で。場所はすぐにわかりました。美しいピアノの音色が、導いてくれました。部活動がはじまる前だったのでしょう、音楽室にはピアノを弾く息子と、サックスを吹《ふ》く女生徒のふたりだけ。その様子をひと目見て、悟《さと》りましたわ。息子は悪い女にたぶらかされている、と。

ですから、校長室に向かったのです。ジャズバンド部の廃部をお願いしに。でも聞き入れていただけなかったので、息子を退学させることにしましたの。

息子が孤独《こどく》ですって？　凡人《ぼんじん》に理解されないのは、天才ピアニストの宿命ですから。でも、わたくしがおりますわ。海より深い愛情で、あの子を支えております。

まぁ。ジャズバンド部は息子が自分で選んだ道だとおっしゃるの？　わたくしの支配から逃れてやっと自分で歩みはじめたのではないか、ですって？

あなた、何もおわかりになっていないのね。今まで何を聞いてらしたの。息子は三歳のあの日に、自分の道を選んだのです。それからというもの、わたくしは全身《ぜんしん》全霊《ぜんれい》、あの子のために生きておりますのよ。すべては、息子のため。ええもちろん、息子はそのことを理解して、感謝してくれていますわ。

この先も二人三脚《ににんさんきゃく》、音楽留学《りゅうがく》しようと思いますの。日本の学校より、きっと合っているでしょう。もちろん、わたくしも一緒に行って、支え続けます。息子が天才ピアニストとして、さらに羽ばたけるように。

今、なんと？　息子が人を殴《なぐ》った？　まさか。

本当ですの？　本当に、わたくしの息子が？

大変、指は大丈夫《だいじょうぶ》かしら。天才ピアニストの指ですよ。相手がよほどひどいことをしたにちがいありません。ええわかりますとも。あの子は悪くありません。

え？　殴られたのは、わたくし？

おかしなことをおっしゃらないで。あなたいったいどこの記者なの。

刑事《けいじ》さん？

インタビューではないの？

……あらここはどこかしら。わたくし、どうしてベッドに。

乗り換え案内

おれはもつれそうになる足を制御しながら、地下鉄の階段を駆《か》けおりた。

ハンドボール部の練習で体があたたまったたまま走ってきたせいで、首すじに汗《あせ》が流れ落ち、T《ティー》シャツが背中に張りつく。

電車に乗ると、ひとつだけ空いているシートを見つけて座った。いつもより走行スピードが遅《おそ》い気がする。

四つ目の駅で、駆《か》け込《こ》み乗車をした人がいたため、閉《し》まりかけたドアが再び開いた。

おれは、イラッとした。

駆け込み乗車なんかするな。電車が遅れるだろ！

車掌《しゃしょう》のアナウンスが響《ひび》く。

「危険ですので、駆け込み乗車はご遠慮《えんりょ》ください」

鼻にかかった男性の声に、はたと思う。

そういや、駅名を知らせるアナウンスも車掌の声だったな……。

この地下鉄はかつては車掌が次の停車駅名をアナウンスしていたが、いつからか女性の自動音声に変わっていた。

自動音声が故障したんだな。

電車好きだったおれは、小さいころはよく車掌のアナウンスを真似した。

今も口にこそ出さないが、無意識に心の中でアナウンスをしていることがある。

(次は門前仲町《もんぜんなかちょう》、門前仲町。都営大江戸線《とえいおおえどせん》は、お乗り換えです)

ところが、車内に響いたアナウンスは、

「次は門前仲町、門前仲町」

「大江戸線の案内、忘れてるし」

おれが思わずつぶやくと、隣《となり》に座っていた年配の女性が首をかしげた。

「大江戸線なんてないわよ」

「え、都営大江戸線ですよ？」

女性は気《き》の毒《どく》そうにうなずき、おれから目線をはずした。

おれ、なんか、おかしなことを言ったか？　おかしいのは、相手のほうなのに。

そもそも、なんでこの人は大江戸線がないなんて、嘘《うそ》をつくんだろう。
電車がスピードを落として駅に入っていく。ホームに工事用の仮囲《かりがこ》いが見えた。
変だな。今朝《けさ》学校に行く時は、工事なんかしてなかったよな。
電車のドアが開くと、赤ちゃんを抱っこした女性が乗ってきた。
おれは反射的に立ち上がり、席をゆずった。
つややかな髪《かみ》をまとめた女の人が、「ありがとうございます」と笑顔を見せる。
この人とどこかで会った気がする。どこでだろう？
女の人がシートに座りながら言った。
「この子もお兄さんみたいになってほしいわ」
「いや、おれなんか……」
くちびるがふるえて言葉が続かない。
今朝《けさ》、おれは母さんに悪態《あくたい》をついた。
「勉強、ちゃんとやってるの？　試験結果を見せてくれないけど、大丈夫《だいじょうぶ》？」
最近、母さんは口を開くたび、同じことを聞いてくる。
おれは毎回「へいきだよ」と返していたが、今朝は無性《むしょう》に腹が立った。
「イチイチ、うっせえな。そうやって干渉《かんしょう》してくる親を、毒親っていうんだよ。毒親は、この世から消えろ！」

はき捨てるように言って、家を飛び出した。

わかっている。母さんのせいじゃない。ただ、うまくいかない自分にイラついているだけだ。

高校受験で第一志望校に落ち、すべり止めの高校に入学した。いや、そもそも第一志望というほど行きたい高校があったわけじゃない。特にやりたいこともなく、成績に見合った高校を受験しただけだ。

高校に入っても、やりたいことは見つからないまま。勉強もやる気になれず、成績はずっと低空飛行を続けている。おれとちがって、まわりはそれなりに進む道を見つけているようだ。どんどん同級生に後れをとるようで、嫌《いや》になる。おまけに二年に進級するにあたって理系《りけい》か文系かを決める期限がせまり、あせっていた。

やつれた母さんの顔が浮《う》かぶ。加齢《かれい》のせいだろう。母さんはここ数年で目がくぼみ、頬《ほお》がこけた。以前は目の前の女の人のように、ふっくらした顔だった。そういえば、前の人は、写真で見た若いころの母さんに少し似ているかもしれない。

女の人は、ぐっすりねむっている赤ちゃんを見つめた。

「この子を産んで思ったの。子どもはこの世に生まれてきただけで、十分親孝行《おやこうこう》しているなあって。親は子が元気だと、それだけで幸せなのよ。お兄さんみたいに立派《りっぱ》に育ってくれたら、親御《おやご》さんは満足でしょうね」

「いや……」

おれは首を振った。

「おれは、まだまだ子どもです。甘えているのはわかっているけど、母さんにはまだいてもらわないと困る。おれが目標を見つけて進む姿を見せたいんだ」

おれ、知らない人に何言ってんだ……。

涙《なみだ》が頬をつたって、ジャージの胸元《むなもと》に落ちた。

「そうね。親の自己満足じゃなくて、子どもの気持ちも考えないとね」

ジャージの袖《そで》で顔をこすっていると、すっと、女の人が立ち上がった。

「お兄さん、ありがとう」

女の人が電車を降りる。

「あ……」

おれも降りる駅だと気がつき、あわてて電車を降りた。

電車から吐き出された人たちで、ホームが埋《う》めつくされる。女の人は先へ行ってしまったようで、見つけられなかった。

病院のスタッフに案内されて家族控え室に行くと、父さんが力なく座っていた。

「今、手術中だ」

母さんが職場で倒れ、救急車で病院に運ばれたという知らせが入ったのは、部活中だった。おれはジャージ姿のまま、電車とタクシーを使って病院まで来た。

ここに着くまで、ずっと夢の中にいるようで、現実のことに思えなかった。

父さんが、組んだ手をおでこにあてた。

「危険な状態らしい……」

おれは言葉を失った。

嘘だろ。今朝まで普通だったのに？

それから三時間がたったころ、手術を執刀したという医師が説明にやってきた。

「手術は成功しました。あとは本人の体力しだいです」

まだ安心はできないが、ひとまず母さんの命がつながっていることに、ほっとした。

おれと父さんは紙製のマスクとキャップをつけて、集中治療室《ちりょうしつ》に入った。

ベッドに近づくと、母さんの顔が見えた。ショートカットの髪につやはなく、目の下に黒いくまがある。

父さんがベッド脇《わき》に立って、母さんの手を握《にぎ》った。

「お母さん、お母さん、さなえ！」

父さんが母さんを名前で呼ぶのを、初めて聞いた。

おれが「母さん」と声をかけると、母さんは途《と》切《ぎ》れ途切れに話した。

「思い……出したの。昔、電車で高校生に言われた……まだだって。子どもが、目標を……見つけて進むのを、見守れって」

おれは息をのんだ。

それは、さっきの電車の中のことじゃないか？

看護師が母さんの手当てをしはじめたので、おれと父さんは廊下《ろうか》に出た。

おれは父さんに聞いた。

「大江戸線っていつ開通したの？」

父さんは「唐突《とうとつ》だな」と眉《まゆ》をひそめつつ、記憶をたどるように天井を見上げた。

「部分的に開通していって、全線が開通したのは……たしか、おまえが生まれて一年後くらいだったかな」

「じゃあ、門前仲町の乗り換えができるようになったのも、その時？」

「たぶん」

もしかして、車掌が乗り換え案内をしなかったのは、忘れたわけではなかったのか？

おれが乗ったのは、生まれたころの電車。おれが席をゆずったのは、若いころの母さん。そう考えると、しっくりくる。

母さんの夢か、おれの思いが生んだ現象か、どうしてそうなったのかはわからない。けど、まちがいない。おれは電車の中で昔の母さんに会ったんだ……。

翌日《よくじつ》、容体《ようだい》が安定した母さんは、一般病室に移った。

母さんはおれの顔を見ると、目をうるませた。

「心配かけて、ごめんね」

おれは、ぶんぶん首を振った。

「心配をかけているのは、おれのほう。うまくいかない自分にイラついて、母さんに八つ当たりした。本気で母さんを毒親と思ったわけじゃないんだ。……ごめん」

母さんがふっと、頬をゆるめた。

「嘘をついても、すぐわかるわよ。何年あなたの親をやっていると思っているの」

鼻の奥がツンとした。

母さんがおれを見つめる。
「こうして見ると、電車の中で会った高校生、あなたに似ていたような気がするわ」
それは、おれだよ。
という言葉は飲み込んだ。
あふれそうになる涙をこらえるので、精一杯だったから。
なにより、母さんはおれのために戻ってきてくれたんだと、わかったから。

冬のポケット

大学二年生の冬。飲み会で、鋭人《えいと》の向かいに座ったのが、奈々《なな》だった。自己紹介の順番が鋭人にまわってきた時、奈々と目が合った。ドキリとして言葉が出なくなった。

「おれ、エイト」

ぶっきらぼうに名前だけを告げた。彼女は鋭人と目を合わせたままキュートに笑った。

「奈々です。8《エイト》と7《なな》、ご縁《えん》があるかも」

ひとつ年下で、デザイナーをめざし専門学校へ通うかたわら、若者向けアパレルショップでアルバイトをしているという。どうりで、あか抜《ぬ》けているわけだ。

「メンズのアイテムも扱《あつか》ってるの。来てくれたら、ばっちり似合うのを選んであげる」

また会ってもいい、ということだろうか。鋭人も好意のサインを出してみる。

「ホントに？　おれ、ちょうどコートを探しているとこでさ。デートに着ていける程度におしゃれで、でも就活にも使えて、お手頃価格。そんな理想のコート、ある？」

「彼女、いるの？」

「こう見えて、今、全力で募集中」

「ふふ。それなら、すてきなコートがあるよ」

数日後、鋭人は奈々がアルバイトをする店へ行った。彼女が選んでくれたベージュのコートは、鋭人の希望通りほどよくおしゃれで、就活にも使えそうだ。何より、そのコートを羽織《はお》った鋭人は、自分史上最高にかっこよかった。奈々を映画に誘《さそ》う勇気が出るくらいに。

奈々は昼間は専門学校へ通い、土日はアルバイトをしていたから、デートはたいてい平日の夜になった。鋭人は、奈々と会う時は必ず、彼女が選んだコートを着ていった。映画を見たり、食事をしたり、クリスマスイルミネーションを見にいったり。

イルミネーションなんて、子どもだましの電飾《でんしょく》くらいにしか思っていなかったけれど、彼女と寄《よ》りそいながら見上げる光は幻想的《げんそうてき》だった。歓声をあげる奈々の顔を

見ながら、手をつなぐタイミングを探した。木枯《こが》らしが吹《ふ》きつけ、奈々が、

「さむっ」

かわいい悲鳴をあげた時、彼女の左手をとって、自分のコートのポケットに滑《すべ》り込《こ》ませた。目と目を見合わせ、ポケットの中で、手をつなぎ直した。ドキドキしながら、歩いた。けっこう、スマートにやれたんじゃないかと思う。

初詣《はつもうで》も一緒《いっしょ》に行った。もちろん、あのコートを着て。奈々が手を合わせ祈《いの》っている横顔を見つめた。それからまた、ポケットの中で手をつないだ。

奈々の手はいつも冷たかった。だからいつもポケットの中で、あたためた。

出会って二度目の冬が来て、再びコートの出番になると、鋭人と奈々は、やっぱり、ポケットの中で手をつないだ。時には、ケンカになって、鋭人が奈々の手を突《つ》き放《はな》したり、奈々が怒って、ポケットから乱暴に手を引き抜いたりすることもあった。

それでもたいていポケットの中はあたたかく、幸せな場所だった。そしてそれは、コートの右ポケットと決まっていた。

その冬の終わりごろ、右ポケットの中が小さくほころびた。

奈々が、ていねいにつくろってくれた。

さらに、次の冬。

寒くなって、コートを引っ張り出した時、鋭人は奈々のことを思い出した。

でも、連絡を取ろうとは思わなかった。一年半つき合って恋が冷めた。別れる時は、泣かれたり責められたりして、うんざりだった。

コートはその一着しか持っていなかったから、それを着続けた。

その冬が終わるころには、コートを見ても、奈々を思い出さなくなった。

社会人になって初めての冬。コートを買いたいと思った。学生時代のコートはみすぼらしくなっていた。ブランドもののコートが欲しいな。店の前まで行ったものの、欲しいと思ったコートはとても高くて、迷っているうちに冬が去った。

社会人になって二度目の冬。木枯らし一号が思いがけず早く吹いた朝にあわててコートを出して、舌打ちした。安っぽく、みすぼらしい。去年のうちに買い替えておけばよかった。いっそ、コートなしで出かけようかとも思ったけれど、風邪《かぜ》を引いては仕事にさしつかえる。しかたない、我慢《がまん》しよう。

その日、思ったより早く仕事が終わった。そうだ、買い物に行こう。二十分も歩けば、ブランドショップがある。去年、買いたくても買えなかったブランドのコートだって、今の自分なら買える。

この古いコートを着て店に行くのは、はずかしいかな。でも脱《ぬ》ぐのは寒い。こんなコートでも、着ているのといないのとでは大ちがいだし。店の前で脱げばいいか。

歩道の並木には電飾が施《ほどこ》され、早くもクリスマスムードがただよっている。

気になっている会社の後輩を、クリスマスの食事に誘ってみようかな。たぶん、うまくいく。よし、彼女とクリスマスを過ごすためにも、今夜、自分にふさわしい、いいコートを買うぞ。これじゃあ、かっこ悪すぎて、デートに誘えないもんな。

そんなことを考えつつ、ポケットに手を入れ、歩く。

右手の中指に糸が絡《から》んだ。ポケットの中がほつれ、糸が出ていたらしい。糸がキリキリと締《し》めつけてくる。イタタ。なんとか糸を引きちぎったら、ポケットに穴が開いた。その穴から冷たい風が吹く。安物め。店に着いたら脱ぎ捨ててやる。

中指が穴に吸い込まれた。いや、そんなことがあるはずない。でも抜けない。冷たい手が、穴の向こうで鋭人の中指を握《にぎ》る。ありえない。気のせいだ。なのに引っ張られる。

「ひっ」

一声残して、彼はポケットの穴に吸い込まれてしまった。

クリスマスイルミネーションに照らされた歩道に、だれかが脱ぎ捨てたようにコートが……コートだけが、ふわりと落ちた。

ジョンのしっぽ

「スズ、そんなところで寝たら、また風邪《かぜ》ひくよ」

そんな声が聞こえた気がして、スズはハッと起き上がった。

宿題をしているうちに睡魔《すいま》におそわれ、耐《た》えきれずに机につっぷして眠《ねむ》っていたのだ。

「うーん」

立ち上がり、大きく伸《の》びをしてから、あたりを見まわす。

そういえば、さっきのだれの声？

部屋のはしに置いてあるベッドで、ジョンが丸くなっている。もうだいぶ歳をとった、雑種《ざっしゅ》の中型犬だ。スズが幼稚園生のころ、祖父が生まれたばかりの子犬を拾ってきたのだ。五年前に祖父が亡《な》くなってからは、ジョンの一番の仲良しはスズになった。

「夢か……。ジョンがしゃべったのかと思った」

スズは笑いながら、ジョンの頭をなでた。ジョンは顔を上げてスズを見ている。

「ぼくだよ。さっきしゃべったの」

「えっ？　なに？　やだ、だれかいるの？」

スズはやや混乱しながら、クローゼットの扉《とびら》をそーっと開けて中をのぞき込んだ。

「だれもいないよ。ぼくがスズの頭の中に、話しかけてるの」

「ええ――っ⁉」

スズは両手でジョンのあごを包んだ。ジョンは、うなずくようにゆっくりとまばたきをした。

「うそ！　すごい、すごい！　じゃあ、これからはジョンと話せるのね？　なんで突然《とつぜん》話せるようになったのかはわからないけど。そうでしょ？」

「うん」

「キャーッ！　マンガみたい！」

スズは幼《おさな》いころからずっと、毎日ジョンに話しかけてきた。学校のこと、友だちのこと、家族のこと。散歩に出かけてジョンと自分だけになると、ほかのだれにも言えなかった気持ちをジョンにだけは打ち明けることができた。

ジョンはいつも黙《だま》って聞いてくれた。そういう時、ジョンはいつもスズの体のどこかに、自分のしっぽをくっつけてくる。言葉が返ってくることはなかったけど、触れたしっぽから「ちゃんと聞いてるよ」っていうジョンの気持ちが伝わってくるようで、いつも涙《なみだ》があふれてきた。その涙を、ジョンはペロリとなめてくれるのだった。

そんなジョンが、返事をしてくれるなんて！

「言葉を交わさなくたって、ぼくたち、心は通じてたでしょ？」

「そうね。そんな気もするけど、ジョンに聞いてみたいこと、たくさんあったんだよ。ねぇ、聞いてもいい？」

その夜、スズとジョンは、おたがい疲れて眠るまで、さまざまな話に花を咲かせたのだった。

「ねえ、ママ。それ、ジョンがあんまり好きじゃないって」

「えっ？」

いつもの老犬用のドッグフードをお皿に開けかけていたスズの母は、手を止めて娘《むすめ》の顔をじっと見た。

「何言ってるの。ジョンに聞いたわけでもあるまいし」

「ジョンが言ったんだよ。わたしには聞こえるんだもん」

「おいしくなくても食べなくちゃ。ジョンは病気なのよ。わかってるでしょ？」

スズは口をつぐんだ。そう、まだジョンと話せるようになる前、獣医《じゅうい》さんへ連れていった時に言われたのだ。ジョンは高齢《こうれい》なうえ、病気にかかっていること。すでに手術などで完治する見込みはなくて、あと数か月の命であること。

あと数か月……。

小さいころから当たり前みたいにすごしてきたジョンとの日々が、あと数か月で終わってしまうなんて。しかも、せっかくジョンと話せるようになったというのに。

「交渉決裂《こうしょうけつれつ》！」

スズはわざと勢いよくそう言いながら、ジョンが待つ自分の部屋へと入っていった。

「ママ、ダメだって？」

「うん。ジョンには長生きしてほしいからね。我慢《がまん》して食べてよ」

「ぼくは犬だからね。人間のように長くは生きられないよ」

「そんなこと言わないで。先月の検診《けんしん》だって、歳はとってるけど、とても健康だって先生が言ってたもの！」

スズはとっさに嘘《うそ》をついてしまった。

「ほんとに？」

「そうよ。ジョンには長生きしてもらわないと、わたしが困っちゃう。ね？」

「そりゃ、できるものならしたいけどさ……」

次の日から、ジョンは最近残しがちだったごはんを全部たいらげるようになった。

そのせいか、散歩の時も、いつもより長く歩けるようになった気がする。

なんだか毎日少しずつ元気になっていくようだ。

（もしかしたら、このまま、元気になってくれるかも。あと数か月なんて言わないで、来年も再来年《さらいねん》もジョンと一緒《いっしょ》にいたい）

スズは強く願った。


ジョンと話せるようになってから、一年近い月日がすぎたある夜。

ふと目を覚ましたスズは、横になったままのジョンの息づかいが、あらあらしいことに気づいて飛び起きた。

「ジョン、苦しいの？」

ジョンは横たわったまま、うっすらと目を開けてスズのほうを見た。

「スズ、ごめんね。ぼく、スズにずっと嘘をついてたんだ」

頭の中に、すっかり弱々しくなったジョンの声が届く。

「なに、謝ってるの？　嘘って？」

「うん。ほんとはぼく、長くてもあと一年しか生きられないって知ってたんだ。ある晩、スズのおじいちゃんが現れて、そう教えてくれた」

「おじいちゃんって、うちのおじいちゃん？」

「そう。スズはおじいちゃんっ子だったから、おじいちゃんはとても心配していたよ。スズはいつも言いたいことを我慢してるって。ぼくがいつもスズの話を聞いてあげてたから、おじいちゃんはお礼に一年間だけ、ぼくの願い事を叶《かな》えてくれるって言ったんだ。ぼくの一番の願い事。それは、スズの話を聞いて返事をすることだった」

スズは、ジョンの背中にそっと触れながらジョンの話を聞いた。ちょうど、ジョンがしっぽをくっつけていたのと同じように。涙があとからあとから流れてきた。

「ぼくは毎日、お別れが近づいていることをスズに言おう言おうと思っていたんだけど、結局今日まで言えなかった。ぼくはスズの笑った顔が一番好きだったから。ごめんね、スズ。ねぇ、泣かないで。泣いてるとブスだよ。ほら、笑って」

「ブスって……もう、ひどい！」

スズは涙を流したまま、思い切り笑った。その顔を見て、ジョンは安心したように大きくひとつ息をはいた。

「これからもぼく、ちゃんとお話、聞いているからね。いっぱい話しかけてね」

「うん。たくさん話しかけるよ、ジョン！　ジョン、ありがとう！」

そして、ジョンは動かなくなった。

（ジョン、健康だなんて嘘をついていたのは、わたしも同じだよ。ごめんね）

ジョンの背中をなでながら、スズはそっと謝った。

それからもスズは、毎日ジョンに話しかけた。そうしている時は、今でも自分の体のどこかにジョンのしっぽが触れているような気がした。返事がかえってこなくても、きっとわたしの声はジョンに届いている。ちゃんと聞いていてくれてるんだ。

スズは、おじいちゃんとジョンに感謝しつつ、毎日なるべく笑顔で生きていこうと誓《ちか》ったのだった。

恐怖スパイス

　コンビニの調味料の棚《たな》で見つけた黒い小瓶《こびん》、〈恐怖スパイス〉。コショウのような粉末で、料理に振りかければ恐怖を味わえるらしい。ホラー好きのおれは、即買《そくが》いした。

　家に帰るとさっそく、インスタントラーメンをつくり〈恐怖スパイス〉を振りかけてみる。香りに、全身の毛がぞぞぞと、そそけ立つ。麺《めん》が、口の中で生き物のごとく、のたうつ。かめば、うめき声や悲鳴が頭蓋骨《ずがいこつ》に響《ひび》く。す、すごい、なんてリアルな恐怖だ。

　おれは〈恐怖スパイス〉にハマり、コーヒーにもごはんにも、なんにでも振りかけた。じきに、スパイスを直《じか》になめたくて、手のひらに振りかけるようになった。

　外を歩けば、花壇《かだん》で赤いバラがぽとりぽとりと血を滴《したた》らせる。マンションのベランダの物干《ものほ》しざおには、首吊《くびつ》り死体が並んで揺《ゆ》れている。電信柱の黒々とした影《かげ》はおれの足元で地の裂け目《さけめ》となり、この世のものとは思えぬ悪臭《あくしゅう》が噴《ふ》き上《あ》がる。走る車は皆、こっちに突《つ》っ込《こ》んできたがっている。世界の終末を予言する赤《あか》ん坊《ぼう》の泣き声が、どこからか響《ひび》き渡《わた》る。ホラーチックパラダイスだ。

コンビニで売っている〈恐怖スパイス〉では物足りなく感じはじめたころ、メーカー直売〈深・恐怖スパイス〉のネット販売がはじまった。もちろんすぐに定期購入を申し込み、商品もほどなく届いた。説明書にはこうあった。

「〈深・恐怖スパイス〉はあなたの深層《しんそう》に潜《ひそ》む恐怖を掘《ほ》り起《お》こします。寝る前のお飲み物などに振りかけるのがおすすめです」

さっそく寝る前に手のひらにひと振り、いやふた振りして、なめた。

その夜、夢を見た。空気を震《ふる》わす低く不気味な羽音に追われている。スズメバチの大群《たいぐん》だ。必死で逃げたが、追いつかれ、取り囲まれた。獰猛《どうもう》な顔、頑丈《がんじょう》そうなあご、まがまがしい黄色と黒のしまもよう。一番恐ろしいのは、腹部の先の毒針《どくばり》。スズメバチは怒《いか》り狂《くる》っている。大きな目でおれを見据《みす》え、あごをカチカチと鳴らす。その体がくいっと曲がる。毒針が迫《せま》る。その痛《いた》さをおれは知っている。

自分の叫《さけ》び声で目が覚めた。飛び起き、あたりを見まわす。おれの部屋だ。ああ、夢かと安心しかけた時、枕元《まくらもと》でハチの羽音がした。おれは、ベッドから転げ落ちる。

羽音が大きくなる。まずい、怒り狂っている。今日まで忘れていたが、おれはスズメバチに刺《さ》されたことがある。あの苦痛は、すさまじかった。もう一度刺されたら、アナフィラキシーショックを起こして、死んでしまうかもしれない。幼《おさな》いころのことだとはいえ、どうして忘れていたんだろう。羽音はまた一段と大きくなった。心臓がバクバクする。足に力が入らない。刺された場合にそなえて先に救急車を呼んでおこうか。命に関わる。スマートフォンはどこだ？　枕元に置いてあったはずだが。

そこでやっと、気づいた。これはハチの羽音ではなく、目覚ましがわりのスマートフォンのアラームバイブじゃないか？　おそるおそる立ち上がり、音の出どころがスマートフォンであることを確認し、バイブを止めた。

ははは。パニクって部屋から逃げ出すことさえ思いつかなかった。これが深層から掘り出した恐怖ってやつか。まあまあだな。

が、そのあと、出勤途中の駅で、おれは再びすくみあがった。電車の走る音だと頭ではわかっていながら、それがハチの大群の羽音にしか聞こえない。冷や汗《あせ》を流し、足をぎこちなく動かし、必死に駅から離《はな》れた。仕事は休んだ。

その夜も〈深・恐怖スパイス〉をなめた。歯医者で泣きわめき押さえつけられている夢を見た。

朝、目覚めると、歯が痛い。さっそく、歯医者に予約を入れた。悪い歯を早急に治してくれと。歯医者嫌《ぎら》いで長く行ってなかったから、かなり悪いはずだ。職場には、歯が痛くて仕事どころではないから休むと、連絡した。

歯科医院の診察室《しんさつしつ》は、ひんやり湿《しめ》った薬品臭がする。治療《ちりょう》用の椅子《いす》に座れば目の前に、冷たく銀色に光る、すばらしい拷問《ごうもん》器具の数々。おれの中で、ホラー好きのおれと、歯医者嫌いのおれが、せめぎ合う。興奮と恐怖で、心臓がいかれてしまいそうだ。

医師がやってきた。顔が青ざめ、目は見開かれている。吐く息は、独特なあのにおい。たがいにひとめで、同志だとわかり合った。〈深・恐怖スパイス〉愛用者だ。

医師が器具を手に取り、ささやく。

「う、動かないでね。口の中、切ったら大変だからね」

この医師は過去に治療で大きな失敗をしたことがあって、その時の恐怖を、掘り起こしてしまったのだろう。どんな失敗だったのだろうか。

医師がつぶやく。

「あごの骨《ほね》を削《けず》ったら大惨事《だいさんじ》。ああ、また、くしゃみが出たらどうしよう」

おれの体が震え出す。医師の手はもっと震えている。器具の先がおれに近づく。きぃいいいん。気絶寸前《きぜつすんぜん》の恐怖を味わった。

ああ、なんて充実《じゅうじつ》した人生だ。

だがそんな恐怖ですら、やがて日常となって色あせた。おれは、恐怖スパイスをつくっているメーカーに、もっと強い恐怖スパイスをつくれと、メールした。顧客《こきゃく》を満足させる、それが、メーカーの責任だろ？　すぐに返信が来た。

「貴重なご意見、ありがとうございます。ただいま、さらなる恐怖を開発中です。ご期待にそえるものが完成したあかつきには、ぜひ、お客様にモニターをお願いしたく存《ぞん》じます。その際には再度ご連絡いたしますので、今しばらく、お待ちくださ い」

なかなか見どころのあるメーカーだ。おれは、待った。コンビニの〈恐怖スパイス〉や通販の〈深・恐怖スパイス〉を毎日なめながら。そしてやっと、そのメールが届いた。

「選ばれたあなたにだけお贈《おく》りする、〈最終恐怖〉へのご招待！

場所・恐怖スパイス研究所

ご都合のつくコースをお選びください（一週間コースをおすすめします）。

八時間コース
二泊三日コース
一週間コース☆じわじわ染《し》み込《こ》み凝縮《ぎょうしゅく》される最高レベルの恐怖！」

もちろん、一週間コースを申し込んだ。だが職場に一週間の休暇願《きゅうかねがい》を出したら、嫌《いや》がられた。いつのまにか有給休暇を使いきっていたらしい。しかたない。退職《たいしょく》届《とどけ》を出そう。〈最終恐怖〉を味わうチャンスをのがしたら、一生後悔《こうかい》するからな。

さて、その当日。指定された駅で降り、迎えの車に乗る。運転手は研究所の職員。乗客はおれひとりだ。走ること三十分、研究所は人里離れたところにあった。

「人の体に入れるものですからね、空気や水のおいしいところでつくっています」

と、職員。建物も広く清潔《せいけつ》だ。おれもここで働きたいくらいだ。

到着《とうちゃく》すると、白衣を着た研究者たちがにこやかにおれを出迎え、あいさつもそこそこに、おれの口の中をのぞき込んだり、まぶたの裏を見たり、腕《うで》から血を採ったりした。

「お客様の体内恐怖スパイスの濃度《のうど》は、実にハイレベルです。いや、すばらしい」

研究者たちに拍手《はくしゅ》され、おれは誇らしくなる。

「おっと、書類手続きを忘れるところでした。今回はモニターとしてご協力いただくことになりますので、こちらにご署名《しょめい》を。そのあと、〈最終恐怖〉へとご案内いたします」

何があっても自己責任、そんな書類らしい。読み飛ばし、何枚かの書類に署名した。

「ではまずシャワーを。そのあと、ミストで恐怖成分を全身から吸収していただきます」

そして今、サウナ室にいる。裸《はだか》でミストを浴びながら、大型テレビを見ている。映っているのはサウナ室にいる男。動きまわっていた男がやがて目と口を大きく開けたまま動かなくなり、肌《はだ》が乾燥《かんそう》し黒ずみ干《ひ》からびたミイラになり、運び出され、大きなミキサーに放り込まれ、粉々になり、黒い粉となり、びん詰《づ》めされ、〈恐怖スパイス〉とラベルが貼《は》られる。迫真《はくしん》の演技だが、ストーリーが平凡《へいぼん》だ。

数時間後。何度試してもドアが開かない。叩《たた》いても叫んでも、だれも来ない。どういうことだ。まさか……。いや、わかったぞ、これも恐怖の演出だ。

さらに十数時間後。熱中症《ねっちゅうしょう》になったのか、もう動けない。声も出ない。横たわり苦しさに口を開け目を見開いて、テレビ画面に何十回もくり返される恐怖スパイス製造映像を見ている。

……何日たったのだろう。もう指一本動かせず、目もよく見えないが、意識はある。ミストで調整しているのだろう。おれは、一週間かけて、ゆっくり乾いていく。

おれの最期の恐怖が、体内に凝縮《ぎようしゆく》されていく。

ふきだしの森

「いっけね、今日、まほりんの誕生日じゃん！」

ぼくは、二月のカレンダーの前で絶句《ぜっく》した。

「あら、真帆《まほ》ちゃんの？　よく覚えてるわねえ。さすが幼《おさな》なじみね」

そう言って笑ってから、母は、心配そうに言った。

「真帆ちゃん、あれからどうしてるの？　元気でいるのかしら……」

「うん……。ちょっとオレ、行ってくるわ」

ぼくは、急いで上着を羽織《はお》って、外に出た。

まほりんは、城田《しろた》真帆という。ぼくの幼稚園の時からの幼なじみだ。ちっちゃい時からやたら気が合って、いつも一緒《いっしょ》。泣き虫だったぼくは、しっかり者のまほりんに助けられてばかりいた。ぼくの名前が近藤悠理《こんどうゆうり》だから、まほりんは、「ゆうりん」と呼ぶ。でも、小三くらいからは、さすがに人前では、「城田」「近藤っち」になった。

（そういえば、近藤っちのほうだって、長いこと呼んでもらえてないな……）

なんとも言えず、さみしい気持ちになる。

中学一年の終わり、まほりんと親友のように仲がよかった妹が、事故で亡《な》くなった。ショックが大きすぎたのだろう。まほりんは、突然《とつぜん》、声が出なくなってしまったんだ。

まほりんとぼくは小さい時から、お互いの誕生日には、プレゼントを贈《おく》り合《あ》っていた。小一の時にもらったプレゼントは、特にすてきだった。かわいいマッチ箱の中に、当時流行《はや》っていたポケットロボの消しゴムが入っていた。それも、箱の中に綿《わた》をしいて、大事な指輪か何かのようにしまわれて。まほりんのそういう細やかなところ、ほんとにすごいんだよな。

クラスもちがったし、学校ではまったく話さなかったけど、ぼくの家でお菓子《かし》を食べながら、思いっきりバカ話をしたこともあったっけ。

放課後の下駄箱《げたばこ》で、こっそりペシッと背中を叩《たた》かれた時はびびった。

「ゆうりん、何かあったでしょ。猫背《ねこぜ》になってるから、すぐわかるよ！」

ちっちゃい時から、まほりんはぼくのちょっとした変化を見逃《みのが》さなかったもんな。

中学校に上がっても、プレゼント交換は、ひそかに続いていくと思っていた。でも、声が出なくなって学校を休みはじめてからは、まほりんは友だちにも会いたがらなくなった。悩んだ末、ぼくは、まほりんの家のポストにプレゼントを入れた。まほりんはぼくにとって、特別な友だちだったから、せめてぼくだけはずっと同じようにしていたかったんだ。いつかまた、前みたいにバカ話をして笑えるように。

「それなのに、忘れてたなんて。オレってやつは！」

高校受験の合格発表があって、気が抜《ぬ》けてたんだ。でも、そんなの理由にならない。

「こうなったら、直接言うか。ハッピーバースデー」

めっちゃ緊張する。学校に来なくなってから、一度も顔を見てないんだから。ってことは、もう二年近く会ってないのか……。その間の一方通行のプレゼントを、まほりんがどう思っているのかもわからない。でも、何もしないという選択は、ぼくにはなかった。会ってもらえなかったとしても、会いにいこう、と思ったんだ。

ふと思いついて、ぼくは浮雲《うきぐも》稲荷《いなり》に寄《よ》った。まほりんの家に行く途中にある地味な神社だ。とにかく心を落ち着けないと。えーっと、二礼二拍手《はくしゅ》一礼だよな。ぱん、ぱん！

「お稲荷さん、お稲荷さん、どうか願いを叶《かな》えてください。まほりんに会えますように。今年はプレゼント、何も用意できなかったけど、まほりんに幸せが訪れますように！」

初詣《はつもうで》だって、こんなに真剣《しんけん》にお参りしたことないぜ。そう思った時、
チリリーン　ココン
鈴《すず》の音と、変な鳴き声みたいなものが聞こえた。今の、何？

あたりにはだれもいない。目を細めた狐《きつね》が二匹、お社《やしろ》の前にいるだけだ。不思議に思いながら、もう一度頭を下げて、ぼくは、まほりんの家へと走った。

「まあ、よく来てくれたわねえ！　真帆、悠理くんよ！」

まほりんのお母さんは、目をうるませて、ぼくを歓迎してくれた。しばらく間があって、まほりんが静かに階段を下りてきた。

……。声が出なかったのは、ぼくも同じだった。心臓が飛び出しかけた。

姿を見なかった二年の間に、背中まであった髪《かみ》はショートになり、少し大人びて、黒いタートルネックのセーターが、とても似合っていた。

「おっす。は、は、はっぴーばーすでー」

間の抜けた声でぼくが伝えると、まほりんはおどろいたように目を見開いた。い

かーん、あとが続かない。

「あのさ、ちょっと散歩、行こうぜ」

まほりんは、ただうなずいて、ダウンジャケットを羽織ると、外に出た。

話したいこと、聞きたいことはたくさんあった。二年の間、どんな気持ちだったのか、高校受験はどうしたのか……。でも、どれも、喉《のど》につっかえて、出てこなかった。

小さいころよく遊んだ、川沿《かわぞ》いの遊歩道。冷たい空気に、白い息がはっきり見える。

ぼくらはただ、黙《だま》ったまま、並んで歩いた。ああ、まほりんがこんなに静かだなんて。あんなにおしゃべりでよく笑う子だったのに。かわいそうで、悲しくて、ぼくは涙《なみだ》を外に出さないように、必死でこらえた。木の影《かげ》が、泣きそうなぼくの顔を隠《かく》してくれた。それにしても、このあたり、こんなにうっそうとしてたっけな？

ぼくは、心にたまったかたまりのような気持ちを外に出そうと、ふーっと息を吐《は》いた。そのとたん、まほりんがぼくの頭の上を見て、はっと口を押さえた。

「どうしたの？」

そう言おうとしたのに、なぜか声が出せない。えっ、オレまで？　口パク状態のぼくの頭の上を、びっくりしたように見ながら、まほりんも、はーっと息をついた。

今度はぼくが息をのむ番だった。まほりんの吐いた白い息が、ふんわりと頭の上にのぼり、そこに、文字が浮《う》かんだのだ。そう、まるでマンガの吹き出《ふだ》しみたいに！

『心配してくれて、ありがとう。プレゼントも手紙も返さないで、ごめんね』

どういうことだ？　でも、ちゃんと伝わってる！　ふーっ。ぼくも息を吐く。

『気にすんなって。今日は顔が見られて、安心した』

ぼくは理解した。そうか、今思ったことが、吹き出しになって浮かんでるんだ！しかも、口で言うよりずっとストレートに！

『ずーっと、泣きたくても泣けなかったの。パパやママのほうが悲しいと思って』

『泣いたらいけないと自分に言い聞かせてたら、声が出なくなって、つらかった』

『ゆうりんには、聞いてほしかったのに、それもできなくて……』

まほりんの気持ちは、次々に吹き出しになって浮かんでいく。

『無理すんな。またしゃべれる時がくるよ。オレ、信じて待ってるからな！』

相手を思って大切に息を吐くたびに、ぼくらの頭上に、ふわっと吹き出しが浮かんだ。話し言葉だったら、こんなにまっすぐに伝えられただろうか。心と心だけで、ぼくらは会話していた。ふと気がつくと、いつのまにか深い森の中だ。ここは、どこだろう。

『ゆうりんったら、小さい時は泣き虫だったのに、すっかり逆転《ぎやくてん》しちゃったね！』

まほりんの新しい吹き出しを見て、ぼくはひとりごとのつもりで小さくため息をついた。その瞬間、まほりんの目が丸くなったかと思うと……バシッと思いきり叩かれた！

ぼくの頭の上の吹き出しには、こんなふうに書かれていたのだ。

『こっちだって、まほりん、きれいになってて、びっくりしたもんなー』

「やだー！　ゆうりん、もぉおー！」

「えっ、まほりん、声が……！　あれっ、オレも？」

久しぶりに聞いた、まほりんの本当の声だった。そして、魔法《まほう》が解けたように、まほりんは声をあげて泣き出した。それからぼくたちは、笑いながら、泣いたんだ。

あたりはいつのまにか、いつもの遊歩道に戻っていた。気がつくと、ぼくたちは、自然に手をつないで歩いていた。幼稚園のころのように。でも、あのころとはちょっとちがう、胸《むね》の中がくすぐったくて、ふわふわするような気持ちで。

帰り道、浮雲稲荷の前でぼくは立ち止まった。もしかして、ぼくの願いが通じたのだろうか？　そうだ、お礼を言わなくちゃ。二礼二拍手一礼。ぱんっ、ぱん！

「ありがとうございます！　まほりんが、これからもずっと、幸せでありますように」

チリーン　ココン　お社の前の二匹の狐が、微笑《ほほえ》むようにニューッと目を細めた。

本書は、PHP研究所より発刊された
「ラストで君は『まさか!』と言う」シリーズの一部を改変、
再編集し、新たに書き下ろしを加えたものです。

著者紹介

ココロ直（こころ　なお）

佐賀県出身。『夕焼け好きのポエトリー』で2002年度ノベル大賞読者大賞受賞。「アリスのお気に入り」シリーズ（集英社）ほか少女向けライトノベルを中心に執筆。PHP研究所での著作は「メランコリック」シリーズ、『ナユタン星からのアーカイヴ』。

ささきあり

千葉県出身。著書に『おならくらげ』（第27回ひろすけ童話賞受賞）、『サード・プレイス』『天地ダイアリー』（以上、フレーベル館）、『ぼくらがつくった学校』『ふくろう茶房のライちゃん』（ともに佼成出版社）、『クララ・シューマン』（学研プラス）などがある。

染谷果子（そめや　かこ）

和歌山県出身。著書に「あやしの保健室」シリーズ（小峰書店）、『ホラーチック文具』『リバース　逆転、裏切り、予想外の「もうひとつの物語」』（以上、PHP研究所）などがある。

たかはしみか

秋田県出身。小中学生向けの物語を中心に、幅広く活躍中。著書に「もちもちぱんだ　もちっとストーリーブック」シリーズ、「ピーナッツストーリーズ」シリーズ（以上、学研プラス）などがある。

長井理佳（ながい　りか）

童話作家、作詞家。著書に「黒ねこ亭でお茶を」シリーズ（岩崎書店）、『まよいねこポッカリをさがして』（アリス館）、『ねこまめ』（あすなろ書房）ほか。作詞に『山ねこバンガロー』『行き先』『野原の上の雨になるまで』などがある。自宅で『Gallery 庭時計』を運営中。

本文デザイン・DTP　根本綾子(Karon)
イラスト　吉田ヨシツギ
編集協力　株式会社童夢

PHP文芸文庫　ラストで君は「まさか!」と言う　傑作選
魔性のガーネット

2022年1月20日　第1版第1刷発行

編　者　ＰＨＰ研究所
発行者　永田貴之
発行所　株式会社ＰＨＰ研究所
東京本部　〒135-8137　江東区豊洲5-6-52
第三制作部　TEL 03-3520-9620（編集）
普及部　TEL 03-3520-9630（販売）
京都本部　〒601-8411　京都市南区西九条北ノ内町11
PHP INTERFACE https://www.php.co.jp/
印刷所　図書印刷株式会社
製本所　東京美術紙工協業組合

ISBN978-4-569-90184-8